LES ORAGES

SYLVAIN PRUDHOMME

Les orages

histoires

l'arbalète gallimard

l'arbalète
collection dirigée par
Thomas Simonnet

Quel est ce bonheur qui me fait trembler, qui me redonne force et vie ? Je me sens délivré. Tout me semble bon, tout a un sens, tout est vrai.

FEDERICO FELLINI, *8 ½*

SOUVENIR DE LA LUMIÈRE

C'est le 20 septembre 2013 qu'il fut donné à Ehlmann de vivre la scène qu'il me raconta la seule fois où je le vis, et dont il m'affirma d'emblée qu'elle avait changé sa vie – qu'elle allait la changer à jamais désormais, c'était du moins le serment qu'il se faisait à lui-même, qu'il venait de se faire, puisqu'elle s'était déroulée quelques jours à peine avant notre rencontre.

J'ai visité il y a peu la pièce où tout s'est passé. Une petite chambre d'un service d'urgences pédiatriques, au huitième étage d'un hôpital ultramoderne, sur les hauteurs d'une petite ville sans éclat. Une pièce exiguë, aux murs blancs, au sol en linoléum, à la fenêtre scellée, au lit-cage à barreaux. J'ai été étonné de penser que tout avait eu lieu là. Que la résolution d'Ehlmann lui était venue après deux semaines d'enfermement à cet endroit précis, entre ces quatre murs.

J'ai pensé que c'était d'avoir presque perdu son enfant. D'avoir tenu ce gamin de cinq mois dans ses bras et senti que la mort allait le lui arracher, d'avoir un instant cru basculer de l'autre côté, de n'avoir eu d'autre choix, un moment, que d'en accepter l'insupportable idée.

Lui dit que ce n'est rien de tout cela. Que simplement, pour la première fois, de se retrouver là, forcé pendant quinze jours de dormir sur cet étroit lit d'hôpital, à un mètre de son enfant entre la vie et la mort, il eut du temps. Il eut du calme. Il n'eut rien d'autre à faire qu'être là, près de son fils. Il se sentit uni comme jamais à la femme qui partageait sa vie. Il dit que pour la première fois depuis longtemps il eut le sentiment d'être utile. D'être fort. D'agir comme il fallait. *De se trouver au bon endroit*, ce sont ses propres mots. Au bon endroit comme jamais jusqu'alors.

En arrivant à l'hôpital j'ai demandé si certains membres du service étaient déjà là sept ans plus tôt. Si quelqu'un dans l'équipe se souvenait d'Ehlmann et de sa compagne, dont il ne m'avait le jour de notre rencontre dit que le prénom : A. Ou plutôt, puisque je savais à peu près nulles les chances que qui que ce soit se rappelle encore le nom d'Ehlmann ou de A., j'ai demandé si quelqu'un gardait le souvenir d'un tout mince enfant blond qui n'avait dû sa survie qu'à un miracle.

L'infirmière à laquelle j'ai posé ces questions était jeune, j'ai pensé que sept ans plus tôt elle devait à peine avoir fini ses études. Il y a beaucoup de mouvement dans les services vous savez, a-t-elle dit doucement pour atténuer ma déception, les médecins changent, les infirmiers et les infirmières basculent d'un étage à un autre, parfois d'un bâtiment à un autre, quand ils ne déménagent pas purement et simplement dans une autre ville ou une autre région.

J'ai essayé de décrire Ehlmann. La jeune infirmière et d'autres membres du service qui l'avaient rejointe ont hoché la tête mais j'ai vu qu'ils ne se rappelaient pas, que leurs acquiescements étaient de pure politesse, que ce qu'ils voulaient c'était surtout faire bon accueil à mon histoire.

Vous savez c'est un moment très fort qu'on vit chaque fois, avec chaque enfant, s'est excusée d'une voix calme une infirmière plus âgée que les autres. Pendant tout le temps que dure la crise on tremble, on attend, on guette, chaque jour on observe les courbes, on tente de comprendre ce qu'elles annoncent, on regarde le gamin écrasé de fièvre et on prie pour qu'enfin la température tombe. Il y a des enfants qu'on sauve, a dit la femme, et alors dans tout le service c'est une fête, pendant plusieurs jours l'étage entier vibre de l'euphorie des parents et de l'équipe, tout le service est fier, dans ces moments il n'y a pas de métier qui procure le centième de l'émotion que procure le nôtre. Et puis il y a des enfants qu'on perd et vous ne pouvez imaginer ce que ça fait, le désespoir qu'on en éprouve, la colère contre la vie entière, contre la saloperie du monde, la tristesse, la rage, l'infinie envie de tout envoyer paître. Alors pour se protéger on coupe. On rentre chez soi et je ne sais pas comment vous dire, c'est de la survie, on ne veut plus penser à rien qui ait trait à cet étage et à son odeur de biseptine et de gel hydroalcoolique, à son éclairage de néons blafards, on ne veut plus rien se rappeler, plus revoir le visage d'aucun gamin sauvé ou perdu. On veut être dans la vie. Dans sa vie à soi. Parler à ses gamins.

La femme qui disait tout ça parlait d'une voix calme. Elle parlait en collant des étiquettes sur une feuille de soins, ses gestes étaient précis, posés, on pouvait voir que ses mains les savaient par cœur, qu'ils ne nécessitaient même plus depuis longtemps la mobilisation de la moindre de ses pensées.

Je ne me souviens pas de votre Ehlmann ni de sa compagne, a repris la femme après un moment, sans cesser d'effeuiller une à une, de la pulpe de l'index et du pouce, les minuscules étiquettes. Mais je suis contente que tout se soit bien terminé pour leur enfant. Tout ce que je peux vous dire c'est que ça s'est passé ici. À cet étage. Entre ces murs qui sont exactement tels qu'ils étaient alors, nous n'avons pas même refait les peintures. Dans une des chambres que vous voyez de part et d'autre de ce couloir.

Dans la 817, je n'ai pu m'empêcher de dire, et la femme a souri, à son tour elle n'a pu se retenir de me demander qui j'étais, pourquoi c'était moi qui venais et non Ehlmann ou sa compagne, à quoi je me suis contenté de répondre qu'à mon grand regret j'avais perdu la trace d'Ehlmann, que je n'avais jamais eu la chance de rencontrer A., et que de toute façon ni A. ni Ehlmann n'étaient à ma connaissance du genre à revenir sur les lieux de leur passé, au contraire de moi, qui en étais presque fétichiste, moi qui ne pouvais tout simplement pas laisser le passé en paix, ni le mien ni celui des autres, et celui d'Ehlmann moins encore que celui de personne, aveu qui a eu le mérite de faire rire l'infirmière et m'a probablement fait gagner sa confiance, ou au moins son indulgence.

Je l'ai suivie sans plus rien dire jusqu'à la 817, l'avant-dernière de l'étage. Je suis entré. J'ai regardé la lumière qui s'engouffrait par l'ouverture dépourvue de vis-à-vis, un grand flot de soleil tombé tout droit du ciel qui découpait sur le linoléum la forme exacte de la fenêtre, un rectangle blanc un peu déformé seulement par l'angle des rayons.

La femme ne disait rien, me regardait simplement promener mes yeux dans la pièce, comme si elle aussi voulait comprendre à présent ce que je cherchais. J'ai marché jusqu'au lit d'enfant, éprouvé la résistance des barreaux, posé la main sur le drap de coton fin où avait reposé le fils d'Ehlmann. J'ai ouvert la porte logée dans le mur de droite, inspecté la minuscule salle de bains, la douche presque collée à la cuvette des chiottes, le dérisoire lavabo.

Ainsi c'est là qu'Ehlmann est resté enfermé pendant quinze jours, j'ai dit après un moment.

S'il était dans la 817, en effet. Dans ces dix mètres carrés.

Dix, j'ai répété en tentant machinalement d'évaluer les dimensions des murs et de la pièce. J'ai demandé où dormaient les parents lorsqu'ils passaient la nuit au chevet de leur enfant. La femme m'a montré le pan de mur pris entre l'angle et la porte de la salle de bains.

En général on les installe là.

Elle a vu que je regardais les deux mètres carrés de linoléum d'un air perplexe.

C'est là qu'on leur met le lit, je veux dire. Elle a souri. Vous ne connaissez vraiment rien à la vie des hôpitaux.

J'ai souri et dit non.

Vous avez eu jusqu'ici de la chance, tant mieux pour vous.

Elle a fait un geste de la main pour bien me dessiner l'emplacement du lit.

On le met là. Le long du mur. Un petit lit très étroit, pour encombrer le moins possible.

Tous les deux nous sommes restés encore un moment à attendre je ne sais quoi. Nous avons regardé la chambre vide, le coin de ciel bleu dans le petit rectangle de la fenêtre, tenté d'imaginer le père et le fils allongés l'un près de l'autre pendant deux semaines dans cette minuscule pièce, proches comme jamais il ne leur avait été donné de l'être jusque-là, de l'aveu d'Ehlmann lui-même.

Alors la femme s'est mise à parler.

Vous avez raison ça me revient.

Je l'ai regardée qui acquiesçait à présent. Je l'ai écoutée me décrire un couple avec un petit enfant très pâle. Un tout petit enfant inexplicablement atone, arrivé presque inconscient déjà aux urgences, où une interne à demi endormie avait failli le laisser mourir pour de bon en demeurant pendant trois heures aveugle aux symptômes, se méprenant totalement sur la gravité du cas, manquant conclure à une banale fièvre sans importance – jusqu'au moment où une pédiatre plus expérimentée était entrée dans la pièce et avait vu la bombure énorme à la fontanelle.

La femme se rappelait le coup de fil au bloc qui avait immédiatement suivi. La tension dans tout le service sitôt le bébé surgi de l'ascenseur sur le lit poussé à présent par trois aides-soignants, d'un pas rapide. Les recommandations polies mais sèches du médecin de garde sur le chemin de la salle d'opération. La parfaite conscience qu'elle avait sentie chez lui que tout était à présent entre ses mains, la vie de l'enfant *dans ses mains* au sens propre, sauvée ou perdue selon qu'il ferait ou non les bons gestes, parviendrait à soulager ou non la pression du liquide céphalique sur le cerveau. La tension de savoir que le moment à venir était de ceux qu'il avait pendant toutes ses années d'études et de formation appelés de ses vœux, de ces moments qui donnent rétrospectivement sens à tout ce que vous avez cherché, justifient une vocation, placent enfin l'enjeu à une intensité maximale – que c'était maintenant.

L'infirmière debout avec moi dans la chambre avait fait partie de la dizaine de soignants groupés autour du nourrisson. Elle se rappelait la léthargie de l'enfant devenu comme insensible, à tel point prostré de douleur que plus rien ne semblait l'atteindre. Le sang-froid avec lequel le jeune médecin avait plongé l'interminable aiguille entre la troisième et la quatrième lombaire, vainquant la résistance de la colonne, relevant lentement le piston de la seringue pour la remplir d'un liquide jaune et rouge que tous avaient d'abord été soulagés de découvrir moins troublé qu'ils n'avaient craint.

Puis le froid qu'avaient jeté, sitôt connus, les résultats de la ponction lombaire : un taux d'infection si élevé que dans tout le service les yeux s'étaient baissés, comme à l'énoncé d'un arrêt de mort. Le coup de fil qu'avait passé le médecin au chef de service pour lui décrire le cas. La rapidité avec laquelle le responsable, malgré l'heure tardive, était apparu à l'étage. L'émotion dans sa voix, dans chacun des gestes qu'il avait eus pour décrire à son équipe le protocole qu'allaient désormais suivre les soins.

Il avait d'abord fait installer le lit de l'enfant dans cette petite chambre où l'infirmière et moi nous trouvions à présent. Il avait attendu qu'on perfuse le bébé de toutes les substances devenues indispensables à son maintien en vie, qu'on suspende au-dessus de lui toutes les poches de sérum et d'antibiotiques et d'antalgiques requises, qu'on appareille ses frêles membres et son torse d'électrodes et de ventouses, qu'on neutralise les alarmes des appareils affolés – attendu en un mot que le décor ait été rendu un peu moins insoutenable.

Puis il les avait fait appeler.

C'était elle, l'infirmière, qui était allée les chercher dans le couloir où ils étaient pendant tout ce temps restés à attendre, assis sur les petits sièges en bois scellés contre la paroi en isorel, dévorés d'inquiétude, précipités à l'évidence dans l'anticipation déjà de mauvaises nouvelles, mais très loin encore d'imaginer celle qui s'apprêtait à les dévaster, eux et toute la foi qu'ils avaient eue jusque-là en l'existence.

La femme se rappelait l'impression qu'ils lui avaient faite à l'instant où elle les avait vus, mains nerveusement mêlées, visages s'efforçant de garder le sourire, comme si cela devait jouer en leur faveur, comme s'il n'était pas concevable qu'en face de tant de confiance le sort persévère dans son acharnement à les détruire.

Elle leur avait demandé d'une voix douce de la suivre.

Incroyablement jeunes je me rappelle, avait dit la femme en s'arrêtant une dernière fois dans son récit, comme si peu à peu les détails lui revenaient et lui imposaient de ralentir pour leur faire une place – incroyablement innocents et jeunes, ou était-ce l'amour qui les liait, était-ce la pensée de ce bébé minuscule que je venais de voir allongé dans la chambre et dont la jeunesse rejaillissait en quelque sorte sur eux, les faisait paraître plus neufs qu'ils n'étaient en réalité, comme font toujours les bébés, donnant invariablement à leurs parents l'air d'être le premier couple de parents de l'humanité, la première mère et le premier père, penchés sur le premier bébé, à jamais.

Était-ce surtout la bouleversante inconscience dans laquelle ils m'avaient semblé se tenir, épargnés pour quelques minutes encore, avait continué la femme, si inquiets fussent-ils, assis côte à côte sur leurs petits sièges en bois, venus là sans un pyjama ni une affaire de rechange, certains il y a une heure encore de s'en retourner tous les trois chez eux avant le soir – le vertigineux contraste entre notre sidération à tous alentour et leur ignorance de premiers concernés pourtant, de premiers détruits en puissance, miraculeusement intouchés encore, quoique sur le point de voir leur vie à jamais ravagée.

L'infirmière les avait conduits à l'enfant, les avait regardés entrer dans la chambre plongée dans la pénombre, avait vu la façon dont ils s'efforçaient de rester calmes, de contenir leur émotion. Elle les avait regardés effleurer du bout des doigts les épaules et les joues du petit être inerte, prendre entre le pouce et l'index ses mains minuscules pour les étreindre. Elle avait dû intervenir, leur demander le plus doucement qu'elle avait pu de résister à l'envie de le toucher, de l'embrasser, de le serrer, malheureusement ça lui fait mal, avait-elle expliqué, je suis désolée, la douleur dans tout son corps est telle que même la plus douce caresse lui fait mal.

Alors le chef de service était entré, suivi de son cortège de blouses blanches, et le père et la mère s'étaient immédiatement raidis, avaient instinctivement senti ou plutôt *entendu* l'approche du drame, avait raconté l'infirmière, pour ma part c'était surtout l'irruption du bruit qui m'avait fait soudain violence, avait-elle dit, j'avais comme eux regardé la petite chambre se remplir en quelques secondes de toutes ces silhouettes habillées de blanc et plus encore que par l'invasion visuelle je m'étais sentie agressée par l'invasion sonore, j'avais été frappée du vacarme que faisaient les pas de toutes ces chaussures et le froissement de toutes ces blouses, de la sauvagerie avec laquelle tout ce bruit déchirait le silence qui avait été jusque-là le nôtre dans la pièce étroite, je me rappelle qu'en moi aussi l'angoisse était montée, mon cœur s'était mis à battre très fort, comme si la catastrophe en personne venait d'entrer dans la chambre, la catastrophe devenue blouses et bruits de chaussures et envahissement de l'espace jusqu'à l'étouffement, avais-je pensé, comme je suis certaine qu'avaient pensé les parents immobiles près du lit, comme aurait pensé n'importe qui à notre place, toutes ces blouses à la fois dans cette dérisoire chambre ce n'était simplement pas possible, il fallait que quelque chose d'insoutenable soit en train d'arriver, pas seulement d'insoutenable mais de contre nature, de monstrueux.

Plus personne n'avait bougé dans la pièce et Ehlmann et sa compagne avaient pris leur respiration et s'étaient préparés à encaisser le choc de l'annonce, s'étaient efforcés de se préparer au pire comme font toujours en pareil cas les parents, c'est-à-dire le pire qu'ils sont capables d'anticiper, c'est-à-dire jamais encore le pire, puisque nul n'est jamais capable d'anticiper le pire, même dans les circonstances où il est le plus certain, cela je l'ai maintes fois constaté, le pire est tout simplement impossible à concevoir pour un être normalement constitué comme vous et moi, je veux dire un être non suicidaire, un être un tant soit peu attaché à la vie, comme le sont tout de même la plupart des êtres.

Le chef de service avait parlé, exposé la situation en des termes aussi simples que précis. Je me rappelle l'impression qu'il m'avait faite, avait dit l'infirmière, à la fois de tact et de franchise, je m'étais dit que c'était un type bien, il m'avait semblé que pour la première fois je l'observais en plein test, puisque c'est à peu près ce que sont toujours ces situations, des sortes d'épreuves de vérité, des tests d'humanité, pour ainsi dire, je l'avais observé et j'avais trouvé qu'il s'en tirait bien. Il n'avait pas caché la gravité du cas, avait expliqué que toute l'équipe s'était d'abord refusée à croire à ce diagnostic, se raccrochant aux statistiques, s'efforçant de rester optimiste, écartant a priori l'éventualité d'un scénario qui survenait dans moins d'un pour cent des cas, quelques centaines à peine chaque année dans toute la France, un cas par an grand maximum dans ce service, avait raconté le chef. Jusqu'au moment où les analyses de la ponction étaient tombées et avaient d'un coup forcé l'équipe à admettre une situation autrement grave, précisément celle que les pédiatres avaient dès le début redoutée par-dessus tout.

Il avait dit qu'à présent il n'y avait plus qu'à attendre.

Que maintenant tout était entre les mains de ce petit être allongé là, qui allait montrer son courage et sa force.

Le père et la mère avaient un peu hoché la tête en regardant leur enfant cloué de douleur, tombé dans une léthargie dont nul ne pouvait plus dire à présent s'il se réveillerait un jour, s'étaient efforcés de garder une contenance. J'avais vu que la mère prenait aussitôt la mesure des choses, avait dit l'infirmière, qu'immédiatement au-dedans d'elle la terreur commençait de creuser ses galeries, d'emporter des étages, d'ouvrir des gouffres. J'avais vu qu'elle devait faire un effort surhumain pour ne pas s'effondrer devant nous, c'est-à-dire pour différer d'à peine quelques secondes cet effondrement, le réserver pour le moment où elle et lui seraient de nouveau seuls, le funèbre cortège reparti, la porte refermée.

J'avais immédiatement compris que le père en revanche continuait de se méprendre, que peut-être moins informé ou simplement moins capable d'entendre ce genre de nouvelles il demeurait sourd à ce qui arrivait, ne comprenait tout simplement pas ce qu'on lui disait, ne comprenait rien, que par un mécanisme de défense instinctif sans doute ses oreilles s'étaient fermées.

Il avait posé cette question qui par son décalage nous avait tous laissés sans voix : s'il y avait des risques que l'enfant garde de tout cela des séquelles.

Il y avait eu un blanc, avait raconté l'infirmière, et je ne pense pas être la seule à m'être dit à ce moment que pour rien au monde je n'aurais voulu être à la place du chef de service, obligée comme lui d'enfoncer le clou, d'ajouter encore aux explications pourtant limpides qu'il venait de donner.

Monsieur vous n'avez pas bien compris la situation je crois, avait-il ajouté d'un ton calme mais ferme. Nous n'en sommes pas à nous inquiéter des séquelles.

De nouveau tout le monde s'était tu, il y avait eu un silence pendant lequel nous avions guetté le visage du père en cherchant à savoir si cette fois le coup avait porté.

Je comprends, avait fini par dire Ehlmann, sans nous convaincre tout à fait que c'était effectivement le cas. Je comprends d'une voix si flottante que c'était le chef de service cette fois qui avait éprouvé le besoin de dissiper toute ambiguïté, en formulant les choses de la façon la plus nue qui soit, avec toute la violence d'un tel énoncé, qui avait résonné dans la chambre et nous était entré dans la chair à tous comme un coup de hache.

La question monsieur est de savoir si votre enfant va vivre.

La suite Ehlmann me l'a racontée.

Les jours et les nuits d'attente là dans la pièce, à côté de l'enfant.

Les heures interminables au début à guetter chaque mouvement de paupière ou de doigt, chaque rictus de douleur ou d'apaisement sur le visage. À surveiller chaque variation du rythme cardiaque effréné au tableau d'affichage. À scruter la moindre irrégularité dans la répétition des pics sur l'écran de l'électrocardiogramme. À attendre plein d'espoir chaque nouvelle prise de température.

Puis la façon dont même la souffrance ininterrompue de l'enfant avait fini par lui devenir familière, même son rythme cardiaque du matin au soir supérieur à deux cents. La force monstrueuse de l'habitude qui avait fini par accoutumer ses nerfs et ses pensées même aux signaux d'alarme les plus désespérants. Même au fait que tous les indicateurs soient en permanence au rouge, que toutes les machines sans discontinuer clignotent, que ne cessent à aucun moment de s'afficher les alertes de détresse respiratoire, de détresse cardiaque, de détresse tout court.

Ehlmann n'est pas quelqu'un qui travestit les faits, ni qui les arrange pour essayer de se donner le beau rôle.

Il m'a raconté le bonheur paradoxal qu'il avait éprouvé à se trouver là, au cœur de ce qui était en train d'arriver, allongé contre l'enfant, dans une sorte de fusion avec lui, pour le meilleur et pour le pire. Il a dit la chance qu'il pensait avoir eue – la chance, c'est le mot que je me rappelle l'avoir entendu utiliser, après l'avoir soigneusement choisi, en pesant bien toutes ses implications, en mesurant ce qu'il pouvait avoir d'apparemment déplacé, en se fichant bien que cela lui donne l'air de parler de tout cela comme s'il s'agissait d'un film trépidant auquel il lui avait été donné d'assister aux premières loges – la chance qu'il pensait avoir eue, donc, de pouvoir rester à l'hôpital, au contraire de sa compagne qui par une cruauté supplémentaire du sort se trouvait avoir repris le travail quelques jours plus tôt seulement, après sept mois de congé de maternité, et s'était par conséquent trouvée dans l'impossibilité de redemander déjà un arrêt.

D'un commun accord ils avaient décidé que ce serait lui qui resterait là, à trente minutes de voiture de chez eux. Lui qui passerait les nuits près de l'enfant. Lui qui en serait le gardien, en somme, veilleur de nuit comme de jour, du matin au soir immergé dans le huis clos de la chambre et de l'étage dont il s'était mis à connaître chaque recoin, chaque visage, chaque équipe de jour et de nuit, cependant qu'A. contrainte d'aller et venir chaque jour entre son travail et l'hôpital assumerait le rôle infiniment plus inconfortable de visiteuse quotidienne, de passeuse entre le dedans et le dehors, de destinataire de tous les coups de fil affolés, de tous les conseils apitoyés, de tous les récits supposés rassurer, de tous les regards effondrés dans les rues du centre-ville.

J'ai bouffé la douleur de mon gosse jusqu'à m'en rendre malade, m'a dit Ehlmann l'unique fois où je l'ai vu, je l'ai bouffée sans même me rendre compte qu'elle entrait en moi, qu'elle m'envahissait, pénétrait à jamais chaque fibre de mon corps et de mes pensées, que je ne serais plus jamais le même. Pendant toutes ces nuits et toutes ces journées d'attente je ne me suis rendu compte de rien, je n'ai pas mesuré une seconde ce que tout mon être était en train de traverser, au contraire je me suis émerveillé de ma propre force, je n'en revenais pas d'aller si bien, de tenir si bien le coup – Ehlmann disait cela en souriant presque de lui-même à présent, comme si la joie étrange d'alors lui revenait –, je me sentais plus fort que je n'avais jamais été et j'accueillais de toute la tendresse que je pouvais A. qui chaque fois qu'elle entrait dans la pièce était sidérée de voir ce qu'à force d'habitude je ne voyais plus, les appareils en détresse qui vingt-quatre heures sur vingt-quatre clignotaient, la température qui malgré les injections continues de doliprane et d'advil refusait de descendre au-dessous de quarante, notre fils qui sur le lit demeurait inerte, sans un signe de réveil jamais.

Je serrais A. dans mes bras et je l'aimais plus fort que je ne l'avais jamais aimée, m'a raconté Ehlmann qui parlait sans plus s'arrêter à présent, je nous sentais extraordinairement unis, j'essayais de la rassurer, de lui transmettre ce que je croyais être ma force, même si je sais maintenant qu'en réalité je ne réussissais qu'à la convaincre de mon inconscience, comme elle me l'a par la suite avoué, tu avais l'air d'un parfait illuminé, m'a-t-elle dit une fois que tout a été terminé, nous étions pour la première fois assis ensemble à une table de restaurant, incrédules d'être à nouveau tous les deux là, à cette table de restaurant, revenus dans la vie, couple parmi des dizaines d'autres attablés dans l'insouciance ou la souciance seulement relative d'un soir comme les autres. J'entrais dans la pièce et je vous voyais tous les deux au milieu de ces appareils, m'a dit A. ce soir-là, et j'avais l'impression d'être en train de vous perdre l'un et l'autre, je te regardais qui me souriais rempli de confiance et j'avais envie de pleurer, je sentais la terre qui tremblait sous nos pieds et je me sentais seule, ce sont les mots d'A., fidèlement rapportés par Ehlmann, ils s'étaient gravés en lui, il pouvait se les remémorer jusque dans les moindres accents.

Si la température n'est toujours pas retombée au bout de trois jours, je ne vous cache pas que ce sera mauvais signe, avait d'emblée prévenu le chef de service. Le troisième soir était arrivé et la température était toujours de quarante, et l'infirmier en l'annonçant avait eu beau prendre un air dégagé, Ehlmann et A. s'étaient recroquevillés, avaient senti un poids infini les écraser, l'infirmier n'avait pas même tenté de les rassurer, simplement il leur avait demandé s'ils avaient besoin de quoi que ce soit, un verre d'eau ou quelque chose à se mettre dans le ventre, et Ehlmann et sa compagne l'avaient remercié, l'infirmier était ressorti et les avait laissés seuls.

Cette nuit-là j'aimerais pouvoir dire que je n'ai pas fermé l'œil, m'a rapporté Ehlmann. J'aimerais raconter que j'ai veillé, que je suis resté jusqu'au matin à observer mon fils, à guetter le moindre signe d'amélioration, à prier pour que les antibiotiques agissent enfin, à m'efforcer à chaque seconde de lui envoyer tout ce que je pouvais d'amour et de confiance en sa force de petit être accroché à la vie. J'aimerais raconter cela mais ce serait faux, j'ai dormi cette nuit-là comme une pierre, je me suis écroulé de sommeil et j'ai dormi sans plus penser à rien, sans plus rien savoir d'où j'étais. J'ai dormi comme je n'avais réussi à dormir aucune des nuits précédentes et au matin la lumière était déjà forte dans la chambre lorsque je me suis réveillé, je n'avais pas vu le jour se lever, le soleil tapait insolemment par la petite fenêtre, la vie dans le service avait repris, je pouvais entendre tinter dans le couloir les plateaux des petits déjeuners sur les tables roulantes, entendre les voix des infirmières qui s'échangeaient des recommandations, ouvraient les portes, lançaient en entrant dans chaque chambre un grand bonjour à l'attention de l'être encore ensommeillé au fond de son lit.

Une infirmière est entrée avec son thermomètre à infrarouge, a machinalement flashé le front de notre fils, comme elle venait de flasher celui de tous les enfants précédents, et la température n'était plus que de trente-sept six, la nuit était passée, il faisait jour dans la pièce et je regardais notre enfant qui à présent dormait simplement dans le matin comme dorment tous les enfants, plus rien ne pouvait lui arriver maintenant, il était sauvé.

Je n'ai pas besoin de vous raconter la suite, a dit Ehlmann de la voix la plus calme qu'il a pu, en s'efforçant de masquer son émotion. Vous imaginez sans peine ce que ressentent deux parents qui, après avoir cru le perdre à jamais, voient leur enfant rouvrir les yeux. Vous devinez ce que cela fait, de voir votre fils qui se réveille, qui littéralement reprend vie, et vous voit, et aussitôt sourit, de tous les traits de son visage terriblement amaigri, sourit, sourit à n'en plus finir, je vous jure que c'est vrai, a insisté Ehlmann en luttant contre l'émotion qui revenait à présent le submerger, il n'avait pas plutôt ouvert les yeux qu'il a souri, presque éclaté de rire de nous voir, il a souri, souri encore, il avait la tête penchée sur le côté, il était si épuisé qu'il ne pouvait plus même la bouger, simplement elle était tournée vers nous, nous nous étions mis en face, exactement à sa hauteur, et du fond de sa fatigue infinie sitôt qu'il nous a vus il a souri, une première fois d'abord, et puis une autre, sa minuscule tête toujours posée sur le côté, il est resté à sourire sans plus nous lâcher du regard, à nous tenir, physiquement nous tenir, il y avait dans ses yeux je ne sais quelle sagesse venue de très loin, on aurait dit qu'il avait mille ans, qu'il savait tout, que du fond de l'immobilité de tout son corps à bout de forces c'était lui qui par son calme trouvait la force de nous rassurer, de nous dire je suis là ça y est, ne vous en faites plus.

Ehlmann m'a regardé avant de poursuivre.

Je pense que vous vous représentez ce que cela réveille en vous de force, de détermination, a-t-il dit après un moment. Le bouleversement que vous en éprouvez. La recharge d'énergie. L'intensité absolue d'émotion que vous atteignez. La clarté dans laquelle tout votre être se trouve projeté, pulvérisé, désintégré.

Ehlmann raconte que ce jour-là il faisait beau, le ciel était d'un bleu intense au carreau de la petite fenêtre. L'enfant au fond du lit avait planté ses grands yeux dans les leurs avec calme, avec force, un regard si droit et clair qu'ils s'étaient sentis fendus en deux, sondés jusque dans des régions d'eux-mêmes invisibles à leurs propres yeux, transpercés, mis à nu, avaient un peu tremblé même de tout ce que ce regard semblait voir d'eux, de leurs failles, de leurs impuissances, tout ce qu'il leur donnait d'amour et de pardon, *un infini pardon, accordé par un être infiniment plus sage et plus fort et meilleur que nous*, c'est le sentiment que je me rappelle avoir eu, m'a raconté Ehlmann, aucun regard ne m'a jamais pardonné comme ça dans ma vie.

Et puis l'enfant avait fini par faire la chose la plus raisonnable qu'il y avait à faire à présent, en petit être qui là encore savait mieux que personne ce qui était le plus important, le meilleur pour lui et pour tout le monde : il s'était rendormi. Pas rendormi banalement, simplement : il avait plongé dans le sommeil comme une pierre, à pic, avec décision à nouveau, de tout son poids de gamin résolu à présent à boire son soûl de sommeil, de tous les nœuds dénoués enfin de son corps, de tous ses membres et ses pensées enfin libérés de la douleur. En route vers la récupération maintenant, comme s'il savait depuis le début où il en était, procédait par étapes on ne peut plus méthodiques, sans jamais perdre son cap, sauver d'abord sa peau, rassurer ensuite ses parents, à présent s'en retourner reprendre des forces.

Peu après Ehlmann et A. étaient descendus prendre un café au petit self de l'hôpital.

Ils étaient sortis sur la terrasse en bois, gobelets en plastique brûlants dans les paumes.

Ehlmann raconte que dehors soufflait un léger vent, il faisait froid et doré à la fois.

Ehlmann raconte qu'A. et lui ce matin-là se sentirent bien, sentirent très distinctement le soleil de septembre descendre doucement sur eux, les envelopper, leur réchauffer les joues et les mains. Il raconte que la rambarde métallique brillait. Que les tables en aluminium scintillaient, et leur éclat était plus vif qu'il n'avait jamais été. Que même les visages des gens assis aux autres tables étaient plus clairs que les autres matins. Il raconte qu'A. et lui sur cette terrasse ce matin-là se sentirent pleins, chacun de leurs gestes nécessaire, comme lesté, grave. Chaque pensée aiguisée. Chaque vision baignée dans une transparence inconnue. Il raconte qu'il regardait autour de lui et qu'il lui semblait voir se découper les choses et les êtres dans une netteté neuve, il sentait combien la place de chaque chose était juste, combien tout était ferme, combien il était formidable que les tables soient des tables et la rambarde une rambarde et même ces fichus gobelets en plastique des gobelets en plastique moches peut-être, et guère agréables entre les lèvres, mais formidablement aptes à faire ce qu'on leur demandait, permettre qu'on porte un mauvais café sur la terrasse et qu'on le boive là, dans le soleil, sans illusion sur sa qualité de café mais content, exactement comblé dans son attente, boire quelque chose de chaud dans la lumière et le vent léger du dehors.

Il raconte qu'A. et lui se serrèrent dans leurs manteaux, se serrèrent l'un contre l'autre en renversant à moitié leurs gobelets de mauvais café. Il raconte qu'il tint A. dans ses bras et que tous les deux ils disparurent pendant quelques secondes dans la lumière qui baignait la terrasse, il lui sembla qu'il n'avait jamais tenu A. dans ses bras jusque-là, qu'il ne l'avait jamais aimée, n'avait jamais senti qu'il l'aimait avec cette netteté, cette évidence. Il raconte que de toutes ses forces il fit ce vœu : ne plus jamais quitter cette incandescence. Faire que sa vie entière se passe désormais dans cette clarté.

Lorsque j'ai rencontré Ehlmann dix jours plus tard il était debout sur le bord de la route, en larmes, sa voiture garée en catastrophe sur la bande d'arrêt d'urgence, feux de détresse allumés.

Je me suis arrêté, je lui ai demandé s'il avait besoin d'aide.

D'un geste de la main il m'a fait signe que non, qu'il ne fallait pas que je m'inquiète, que tout allait bien. J'ai vu qu'il souriait, que tout son visage était tordu de larmes et de rires à la fois, j'ai pensé qu'il était fou.

Il est venu près de moi et m'a raconté que son enfant était sauvé.

Il a simplement dit ça.

Mon fils est sauvé monsieur, je suis désolé de vous avoir fait peur.

Mon fils est sauvé.

Il m'a dit que c'était la première fois depuis deux semaines qu'il quittait l'hôpital.

Depuis deux semaines je n'étais pas sorti, il a dit en souriant de lui-même. Depuis deux semaines j'étais là-haut immobile près de mon fils dans l'obscurité, au huitième étage de ce bâtiment que vous pouvez voir sur les hauteurs. Je dormais là-haut. Je vivais là-haut. Chambre 817, il a ajouté en montrant la barre de l'hôpital accrochée aux collines.

Il a dit qu'il n'avait rien vu venir. Qu'il avait passé ce matin-là le relais à A. et était monté en voiture sans se douter de rien. Et puis que dès les premières minutes sa gorge s'était nouée. D'être à nouveau en train de conduire comme des milliers de fois auparavant. De voir à nouveau défiler les champs. De lire à nouveau les noms des villes sur les panneaux. De rentrer simplement à la maison.

Je suis passé sous ce tunnel tout bête et en sortant ça m'a pris à la gorge, s'est excusé Ehlmann que je rencontrais pour la première fois et que je n'ai jamais revu, en me montrant le tunnel dont je venais moi-même de ressortir, et que nous pouvions voir tous les deux, quelques centaines de mètres en arrière. Ça m'est tout d'un coup sorti du corps. Ça s'est mis à jaillir au-dehors de moi par mes yeux, par mon nez, par ma bouche. Il a fallu que je me gare, je ne voyais plus rien. Je me suis rangé sur le bas-côté et j'ai senti des spasmes me secouer. Un torrent dont pendant dix jours je n'avais pas même entendu le grondement.

Nous sommes restés tous les deux sur le bas-côté pendant près d'une heure, Ehlmann me parlant sans plus s'interrompre, indifférent au bruit des véhicules lancés à pleine vitesse. Puis chacun est remonté en voiture et je ne l'ai plus jamais revu.

J'avais raconté tout cela à l'infirmière sans presque m'interrompre. Je me suis tu. Nous sommes restés un moment sans rien dire, à regarder la chambre.

Par la fenêtre on pouvait voir le ciel bleu au-dehors.

J'ai remercié l'infirmière, j'ai dit que j'étais heureux d'avoir pu revoir ce lit.

Le revoir, elle m'a repris avec étonnement.

Le voir, vous avez raison. C'était une façon de parler. C'est juste que j'y ai beaucoup pensé. Je me le suis souvent imaginé.

J'ai vu qu'elle me regardait de travers.

Et vous savez ce que sont devenus Ehlmann et sa compagne.

Je l'ignore hélas. Je voudrais bien savoir où ils sont, ce qu'ils font aujourd'hui. Je voudrais bien savoir ce qu'il reste de toute cette lumière.

Et vous savez si l'enfant va bien.

J'imagine que oui.

Vous imaginez.

Je veux dire : je ne conçois pas qu'il aille mal, après tout ça.

Elle n'a pas insisté. Nous nous sommes serré la main. J'ai bien vu en repartant qu'elle me dévisageait. Qu'elle fouillait dans sa mémoire. Qu'elle pensait que peut-être *j'étais* Ehlmann.

Je suis ressorti de l'hôpital. J'ai repris la route. Passé le tunnel j'ai instinctivement guetté le bord du goudron pour voir si une voiture y était garée, comme ce jour déjà ancien de septembre. Je me suis demandé si j'allais rencontrer un autre homme arrêté là, en larmes, qui à son tour me raconterait son histoire.

Mais sur la bande d'arrêt d'urgence il n'y avait aucun véhicule stationné, et j'ai continué sans ralentir. Au sol, sur le bitume on pouvait voir les traces de freinage d'un camion. Par-delà le bas-côté, des champs s'étendaient à perte de vue, barrés seulement au loin par la ligne sombre des collines.

LE TAILLE-HAIE

La lame vibre dans l'air au bout du bras affaibli. Elle fait de grands moulinets dans le ciel, tape par moments contre une branche. Le vrombissement du moteur est coupé d'un grand bang. Les muscles du vieil homme encaissent la secousse. La lame rebondit, ripe, s'en va frôler le genou dénudé. Le corps déséquilibré est un peu jeté en arrière, vacille dans la pente, se reprend, s'arc-boute à nouveau sur les jambes mal assurées, se penche en avant pour y retourner.

À mon tour Grand-Père je te relaie.

La voix dans le dos du vieil homme s'efforce de rester calme. Elle hausse le ton pour se faire entendre malgré le bruit. Il fait beau. Une grande et belle journée d'été. Ils sont tous les deux debout dans le talus, cent mètres au-dessus de la mer : le plus vieux qui tient l'engin, le plus jeune qui essaie désespérément de le lui reprendre. La pente est forte. Sous leurs pieds la colline dévale, s'en va se jeter dans l'eau en contrebas.

Grand-Père à mon tour tu vas te faire mal.

Les dents de métal repartent de plus belle, cherchent à nouveau matière à mâcher, affamées, pressées de mordre.

Il l'appelle Grand-Père pour faire comme ses enfants. C'est un surnom que le vieil homme a toujours aimé. Sa tenue de travail est rudimentaire : vieux tee-shirt élimé, vieux slip, simples claquettes aux pieds, orteils crispés sur le plastique pour ne pas glisser dans la pente. Les mollets ont encore maigri depuis la dernière fois, à croire que c'est par là qu'il fond, la seule partie de son corps à laquelle le régime bière-chocolat ne suffise pas. Sous les genoux les tibias sont deux frêles béquilles patinées, lustrées de soleil à présent, d'un brun mat seulement piqué de poils blancs qui s'entortillent et ramassent tout ce que la lame déchiquette, éclats de branches, mâchis de feuilles et de brindilles, gouttes de sève, fourmis, perce-oreilles, gendarmes en fuite.

De temps à autre un bout d'ajonc cingle le visage. La joue brûle, le coup marque, une zébrure rouge enflamme la peau hâlée. Le vieux grimace un peu, mord le mégot depuis longtemps éteint entre ses lèvres, ne sait plus si c'est normal ou non, se fâche contre le buisson, replonge dedans plus déchaîné, engueule le jeune qui lui dit de faire gaffe.

Nom de dieu y a quarante ans que je m'en sers de ce machin tu vas quand même pas m'apprendre comment ça marche.

Il y a dix minutes il était là-haut sur la terrasse, il fumait en regardant la mer, il allait et venait entre la table de la cuisine et la vue sur la baie, il ne se rappelait pas qu'il y avait un talus en contrebas, encore moins que le talus lui appartenait, que pendant des années il avait mis le plus grand soin à l'entretenir, à y planter hortensias et rhododendrons, à les défendre contre la forêt d'ajoncs qui désormais l'envahit sans partage, plus dense, plus touffue que jamais.

C'est le jeune qui a voulu l'aider. C'est le jeune qui bêtement a dit : puisque je suis là et que j'ai du temps. Il a demandé où était le taille-haie. Il a suivi le vieil homme jusque dans l'atelier, a soulevé l'engin de l'étagère où il était posé, remis de l'essence dedans, tiré un peu sur la ficelle du lanceur pour vérifier qu'elle coulissait normalement. Il est descendu dans le talus, a tiré une fois sur la poignée, puis une deuxième, une troisième. Le moteur est parti, s'est mis à pétarader dans le silence de la baie, désordonné, teigneux.

Alors le vieux a changé d'avis.

Donne.

Cela dit en tirant pour lui arracher l'engin, manquant les découper tous les deux.

Donne je te dis tu crois pas que je t'ai attendu pour m'en servir.

Le jeune a un peu résisté, s'est fait engueuler, a fini par céder en pensant quel con. Quel con d'avoir parlé de ce taille-haie.

Il a regardé le vieil homme saisir l'appareil vrombissant, le brandir devant lui allumé déjà. Il a vu son visage changer, prendre un air perdu, étonné soudain de découvrir le taille-haie si lourd, si pareil à une bestiole féroce, méchante, avec ses crachats de fumée, son ventre rouge vif, son réservoir luisant d'essence, sa lame longue comme celle d'un sabre, dentelée de chaque côté comme le nez d'un poisson-scie.

Il a essayé de négocier par-dessus le vacarme du moteur, espéré que le vieil homme se ravise.

Grand-Père allez je commence et tu prendras le relais.

Il a vu le vieux hésiter, fouiller dans sa mémoire pour tenter de se rappeler à quoi pouvait bien servir ce gros machin pétaradant et fumant. Et puis les yeux du vieux se sont arrêtés sur la manette d'accélération. Quelque chose sous son crâne a fait tilt. Les doigts se sont rappelé le contact de la gâchette en plastique, rappelé son élasticité sous les phalanges, la pression d'innombrables fois exercée dessus pour l'enfoncer. La main s'est tendue pour refaire le geste, a tâté la manette, s'est refermée dessus. D'un coup. Sans nuance. À fond. L'appareil s'est cabré, la lame a démarré en rugissant. Le vieux a tendu les bras pour l'éloigner de lui, l'air de se demander quelle mouche le piquait. Il a continué d'écraser la manette sans paraître établir de lien entre la furie des lames et la commande enfoncée dans sa main. Le jeune a lu le pétillement dans ses yeux. Quelque chose comme une jubilation à la vue des dents parées à tout sectionner. Une euphorie de gamin à l'idée de se ruer dans les buissons et de faire un massacre.

Donne-moi ce taille-haie Grand-Père.

Non.

Donne-le-moi c'est moi qui voulais débroussailler.

NON.

Écoute-moi Grand-Père on va pas se disputer, cela dit en criant pour se faire entendre, l'engin plongé déjà dans les fourrés, sectionnant, fouaillant, tailladant, projetant de toutes parts.

L'autre irrécupérable déjà, comme parti, possédé, sourcils et visage couverts d'éclats de branches, se retournant juste le temps de le narguer d'un grand sourire.

Eh ben non je t'écoute pas. Je fais comme tes enfants tu vois, j'écoute rien.

Trois jours plus tôt tout était calme. Le vieil homme était seul dans la grande maison devant la mer, en paix depuis des semaines, sans autre présence chaque jour que celle vers 11 heures de l'infirmière, celle à 15 heures d'une femme de ménage dont le ménage, d'un commun accord avec ses enfants installés à des centaines de kilomètres de là, était surtout un prétexte à venir prendre soin de lui, l'entourer, lui cuisiner de temps à autre un plat, s'assurer qu'il avale certains jours autre chose que les invariables tablettes de chocolat achetées par piles et dévorées à petit feu, toujours la même marque, toujours le même goût, lait et riz soufflé, sans lassitude jamais.

Il y a trois jours encore, les matins étaient identiques les uns aux autres, sans urgence, sans stress, à se lever tard, à voir parfois une silhouette adorée s'encadrer dans l'entrée, celle de M., sa dernière compagne, installée à quelques maisons de là, venue lui proposer une balade tous les deux jusqu'au bord de la mer, pieds nus dans le sable, allez viens on va marcher une heure ou deux sur la plage, prendre un grand coup d'air, ça nous fera du bien.

Et puis la date de leur venue à tous les quatre s'est rapprochée.

Il y a eu plusieurs coups de fil, pour s'assurer qu'il notait bien le jour, ne serait pas pris au dépourvu.

Vers midi il est monté dans sa voiture, a roulé jusqu'à Brest, est resté deux bonnes heures à attendre sans plus bien se rappeler quoi. Il a téléphoné à sa fille, tout là-bas encore, dans le sud de la France.

Ben ça y est je suis à l'aéroport qu'est-ce que vous faites.

La fille est restée aussi calme qu'elle a pu.

Quel aéroport.

Ben l'aéroport de Brest. Je suis devant le terminal des arrivées, vous êtes où.

Elle a respiré pour encaisser le choc, ne rien montrer de son accablement.

Mais c'est demain qu'on arrive papa. On est encore chez nous. Et de toute façon on vient en voiture.

Elle n'a pas demandé pourquoi Brest. N'a pas soufflé qu'ils n'étaient jamais venus en avion. Ne savaient pas même à quoi ressemblait l'aéroport de Brest.

Il a rappelé un peu plus tard, d'un bord de route où il s'était garé, à bout de forces, après de longues minutes à tourner autour d'un rond-point, incapable de décider quelle route prendre pour rentrer chez lui. Il a fallu appeler M., puis une autre amie, puis les pompiers.

C'était il y a trois jours. À présent ils sont là, réunis dans la grande maison au haut du talus. Ils se sont levés tard, ont mangé des tartines devant la mer. Il s'est gavé de confiture. Presque tout un pot, comme si chaque fois que ses yeux retombaient dessus il en réclamait à nouveau, sans se rappeler qu'il venait déjà d'y plonger dix fois la cuillère.

La veille ils ont passé une belle journée, déjeuné vers 16 heures d'araignées de mer.

Ton plat préféré papa.

Non ma chérie.

Ah bon t'aimes plus ça.

Il a ri.

Non.

Avant t'adorais ça.

Non!

Cela répété d'un ton à la fois catégorique et rieur, comme s'il conservait le désir d'être agréable, de ne pas la froisser, voulait montrer qu'il ne lui en voulait pas de cette idée incongrue.

T'aimes plus ça les araignées.

Riant cette fois d'un air tendre, indulgent, comme s'il la connaissait par cœur, la savait capable parfois de ces fourvoiements, l'aimait aussi pour ces moments où elle se méprenait totalement.

Je crois pas ma chérie.

Comme s'il n'avait pas toute sa vie fait ses délices des fines pattes broyées entre ses molaires. Comme s'il n'avait pas des dizaines de fois posé ses propres casiers pour en attraper, deux casiers qu'on pouvait toujours voir là, sur la terrasse, juste dehors, sous les fenêtres, cramés de soleil et d'intempéries, filets crevés par les années.

Retournant la bestiole crustacée dans son assiette comme si c'était la première fois qu'il en voyait une de si près et en restait fasciné, incapable d'éprouver le moindre appétit pour ce machin énorme, inerte, débordant de toutes parts de l'assiette, hérissé de piquants, d'antennes, de pattes trop grandes pour avoir l'air vraies. Comme si l'ébahissait ce que personne d'autre à table ne voyait plus depuis longtemps, n'avait peut-être jamais vu : la bizarrerie au fond de bouffer ça. L'étrangeté d'être prêt à empoigner pince et marteau pour attaquer par tous les défauts de la cuirasse une cousine des tarentules et des scolopendres, se délecter d'en arracher pan par pan l'armure, s'évertuer à en atteindre le cœur pour gagner le plaisir d'y pomper quelques grammes de pulpe et de jus iodé.

Ça te fait pas très envie hein.

Éclatant franchement de rire à présent, et elle avec lui.

Ben faut quand même avouer que ça a l'air dégueulasse.

Attrapant un fou rire tous, adultes comme enfants, estomaqués et ravis à la fois de sa franchise.

Stupéfiés de le voir se lever son assiette à la main, marcher jusqu'à la poubelle sous le meuble de la cuisine, appuyer sur la pédale pour l'ouvrir, y laisser tranquillement glisser le grand crustacé intouché, tout entier au trou, intact, pof, un pof un peu lourd au fond du sac rempli de déchets, amorti par les pattes obligées de se replier pour passer.

Je te ferai de la viande la prochaine fois.

Oui.

Un bon filet mignon poêlé à la sauge.

Exactement.

Cela répondu d'une voix distraite, passée à autre chose, n'écoutant plus qu'à demi déjà. L'araignée oubliée. Son esprit tout entier à la fouille du frigo à présent, les yeux happés par l'exploration des étages, la recherche d'un plan B parmi les yaourts et les sachets de parmesan.

Attrapant une tablette de chocolat, hésitant, la rejetant. Une vieille plaquette de beurre demi-sel, l'examinant, la rejetant pareillement.

Finissant par ouvrir le congélo et y pêcher un pot de glace vanille. Attraper une cuillère à soupe et la plonger dedans avant même d'avoir pris la peine de se rasseoir, s'en fourrer une première lampée dans la bouche, une deuxième.

Rugissant de volupté devant les gamins toujours attablés.

Ça c'est bon.

Ravi d'entendre leurs rires, de sentir leur approbation.

Ça nom de dieu c'est un régal.

Une heure plus tard la fille l'a surpris dans le jardin, une bombe de dégrippant à la main, en train d'en pulvériser les branches d'un pommier.

Qu'est-ce que tu fais papa.

Ha ha qu'est-ce que je fais à ton avis, je me fais un passage.

Un passage pour aller où.

Ben un passage au milieu de toutes ces saloperies.

Il s'est redressé et lui a montré la bombe de 3-en-un, comme si c'était sa dernière trouvaille.

Tu connais ce machin ? C'est sensationnel.

Il a pointé l'aérosol vers le pommier, pressé la petite tête en plastique. Une pluie de gouttelettes se sont échappées du long bec asperseur, sont allées se répandre dans le feuillage de l'arbre.

T'appuies deux trois fois là-dessus et pouf, plus rien. Ça te débarrasse de tout.

La fille a hésité, est restée sans répondre.

Le père a encore pulvérisé un ou deux nuages de dégrippant sur les feuilles, regardé le gras ruisseler le long des nervures, goutter doucement par terre.

Il a senti la perplexité du regard posé sur lui. Compris que quelque chose clochait.

Il s'est vu tout d'un coup, en train de passer un pommier au 3-en-un dans la fin d'après-midi.

Mais qu'est-ce que je fous.

Il s'est tourné vers la fille et lui a souri, comme il sourit toujours en pareil cas désormais, gêné, impuissant à trouver un autre moyen de sauver la face que celui-là, l'autodérision.

Non mais je déconne complètement c'est pas possible. Non mais ça va pas bien là-dedans.

Il a tendu l'aérosol à la fille. Ils sont restés muets, à regarder la mer en contrebas. À suivre un petit voilier sur le point de sortir, voiles déjà hissées.

Maintenant l'eau s'est retirée loin, les voiliers au mouillage sont couchés sur le sable. Le vacarme du moteur couvre tout. La lame déchiquette tout ce qu'elle rencontre, rebondit, replonge, entaille.

Le jeune a cessé de réclamer l'appareil. Il a compris que le vieux ne céderait pas. Il se tient un mètre au-dessous de lui, dans la pente, se contente de l'assister. Il lui indique un rameau qui pointe à hauteur de visage, une liane qui enlace sa cheville. Il ramasse les branches coupées à mesure qu'elles tombent et s'enchevêtrent à ses pieds. Il les jette loin en contrebas, où les chèvres du voisin les mangeront.

Ils ont pris leur rythme et finalement le vieux s'en sort, et le jeune l'encourage, le guide, le porte, s'exclame à chaque branche qui cède, et le vieux porté par la voix du jeune gagne en assurance, n'a plus que faire de l'épuisement, voudrait continuer toujours de manier l'engin parmi les fourrés, être à jamais celui-là qui débroussaille, découpe, élague.

Dans leur dos la marée sera bientôt basse. La baie achève de se vider, l'eau de s'en retourner tout là-bas quelque part au milieu des flots. Les mouettes tournoient dans l'air. L'îlot coiffé de pins parasols est à sec. À perte de vue c'est un fourmillement de rochers, un entrelacs de filières par lesquelles s'écoulent les dernières poches d'eau prisonnières du relief. Les nuages vont et viennent, le soleil les transperce puis l'instant d'après se couvre, le gris des ardoises à chaque seconde change, une pointe au loin pâlit sous un grain, un clocher de l'autre côté de la baie scintille.

Demain, après-demain, il y aura d'autres marées. Peut-être un jour d'autres silhouettes pareilles aux leurs seront là dans la pente, à défendre le talus contre les ajoncs. Ou tout le monde se foutra bien que les ajoncs prolifèrent, et le talus sera repris. Ou un lotissement s'élèvera là et des nouveaux venus à la terrasse de logements flambant neufs regarderont la mer sans seulement savoir qu'autrefois des ajoncs poussaient là. Tout aura disparu. Jusqu'au souvenir des ajoncs.

En attendant ce sont eux qui sont là dans la pente. Leurs silhouettes se démènent dans le matin. Les maigres guiboles luttent. Le front transpire, le tee-shirt s'auréole de gris sombre. Les bras bataillent dans les fourrés, cisaillent dans la masse d'épines et de branches, font voler tout ce qu'ils peuvent de monde en éclats.

Tout le corps fatigue, mais c'est comme s'il exultait aussi, savourait, défiait beaucoup plus que les ajoncs, en un dernier baroud.

L'appareil s'arrête.

Le vacarme d'un coup se tait.

Tous les muscles du vieux tremblent.

Oh putain.

Ils sont tous les deux sur les fesses, dans la pente.

Le vieux essaie de rire encore, mais son sang bat à tout rompre, la panique qui vient de le traverser se diffuse dans toutes les terminaisons du corps, le tétanise, le cloue.

Le vieux est tombé, a glissé dans le talus avec l'engin.

Le jeune a essayé de le rattraper, est tombé à son tour.

Le taille-haie a volé dans l'air, rebondi sur eux sans que la lame les touche.

Ils n'ont rien.

Oh putain quelle aventure.

Il se marre comme il peut.

Se marre d'un air de dire au jeune : t'as vu ce coup de bol.

Tous les deux ils regardent l'engin inerte, éteint, toute méchanceté ravalée, retournée se nicher dans l'énigme du moteur coupé. Plus rien qu'un bloc dérisoire de plastique et de métal.

Ils rient.

Putain Grand-Père t'as failli nous tuer.

Ils rient plus fort, c'est tout leur corps qui a besoin de se délier.

D'en haut peut-être la fille les voit, cul dans la pente tous les deux, assis l'un près de l'autre. Tout à fait comme s'ils regardaient la mer, le temps d'une pause. Ce qui n'est pas faux : ils la regardent, la mer.

Ils se serrent.

On l'a eu.

Il crie presque à présent.

Nom de dieu on l'a eu.

Le jeune se demande quoi. Le massif d'ajoncs ? Le talus ? Le taille-haie ? La preuve qu'ils sont toujours vivants et ne se laisseront pas abattre de sitôt ?

On l'a eu ce foutu machin, dit encore une fois le vieux en agitant le bras en direction du coin de talus d'où ils ont glissé.

Et puis le silence revient.

C'est l'heure de déjeuner déjà.

Le jeune ramasse le taille-haie roulé en contrebas. Il l'examine, un peu cabossé. L'époussette. Libère un bout de branche pris dans la lame.

Et tous les deux ils remontent.

LES VOISINS

J'ai eu des voisins qui criaient en faisant l'amour. Je veux dire : qui criaient si fort qu'on les entendait dès le hall de l'immeuble, cinq étages plus bas. Cela pouvait arriver à tout moment de la journée. Le soir très tard (presque tous les jours). Le matin très tôt (presque tous les jours aussi, parfois dès 5 heures du matin, dans l'immeuble encore tout entier ensommeillé, comme si au premier œil ouvert de l'un ou de l'autre le désir se relançait, comme s'il leur était impossible de se trouver éveillés dans la même pièce sans qu'aussitôt leur ardeur se rallume). Et puis à d'autres moments moins prévisibles. En plein après-midi. En pleine matinée. Des heures où vous étiez paisiblement à travailler, à prendre votre thé, à écouter de la musique.

Je vivais déjà avec A. La cloison qui nous séparait d'eux n'était pas épaisse. Quelques centimètres de brique tout au plus. À un endroit il n'y avait même pas de brique : rien d'autre que la planche au fond de notre placard, qui était aussi la planche du fond de leur placard à eux.

Placard qui était celui de notre chambre. Celui aussi de la leur. Bref: nous dormions à quelques centimètres d'eux. Adossés à la même cloison très mince.

J'ai utilisé le mot crier, mais il est injuste. Crier c'est banal. C'est cliché. Ça fait blague, ça fait mauvais film X. Non: ils ne criaient pas de cette façon. Ils criaient de joie. Il faudrait trouver un autre mot que crier. Jubiler? Exulter? J'ai eu pendant des années des voisins qui exultaient en faisant l'amour. Voilà.

Avec le temps je suis devenu expert en détection de signes avant-coureurs. Ça commençait toujours par un rire. Un rire sorti de sa bouche à elle. Un rire isolé, en cascade, qu'on ne pouvait encore rattacher à rien de sexuel. Et puis d'autres rires venaient. On avait l'impression d'une parade. D'un jeu d'oiseaux qui se poursuivent, se tournent autour, se cherchent, s'agacent. Jusqu'à un cri beaucoup plus fort qui était le vrai début de tout. Un cri d'un volume jamais entendu dans tout l'immeuble. Très haut perché, très long. Une stridulation. À partir de là tout démarrait vraiment. Que se passait-il exactement de l'autre côté du mur? On était forcé d'imaginer. Je veux dire: il était impossible, en entendant ce cri, de ne pas se mettre à imaginer mille scènes en train d'advenir. C'était plus qu'un cri: une provocation à imaginer. Un défi lancé aux fantasmes de tout l'immeuble. Il y avait dans la voix de la fille une note de terreur, de panique. Mais on y entendait aussi un immense éclat de rire. C'était de la terreur feinte. Une terreur flatteuse. Quelque chose comme une supplication, un: oh mon dieu non, pas ça – mais qui suppliait en s'étranglant de rire.

Alors commençait la poursuite. J'arrêtais net ma lecture – comment aurais-je pu la continuer? Je suspendais séance tenante toute activité, tout geste. Je tendais l'oreille. J'écoutais. Le cri recommençait, se répercutait. Était-ce un cri qui réclamait qu'on accoure? Un cri qui suppliait qu'on fasse grâce? On les entendait courir tous les deux d'un bout à l'autre du petit deux-pièces exactement symétrique au nôtre. Le parquet grinçait. Des talons tapaient contre les lattes. On avait l'impression d'un grand paon qui poursuivait sa femelle en faisant la roue, en rebondissant sur les tables, en bousculant les meubles. Ou d'un gros matou qui avait juré maintes fois de croquer sa poulette, et qui venait de décider que c'était là, maintenant, tout de suite. Est-ce ma mémoire qui en rajoute? Il me semble qu'on l'entendait par instants rugir. Pousser en sautant de grands rugissements faits pour rendre l'assaut plus terrifiant encore.

Le lendemain de la première fois, nous avons croisé dans l'escalier notre voisin du dessus, un célibataire incurable. Il avait l'air très inquiet.

Vous croyez qu'il faut qu'on prévienne la police?

Je me rappelle la réponse d'A., qui n'avait pu s'empêcher de rire: qu'à son avis ce n'était pas du tout la peine. Qu'ils avaient l'air au contraire d'aller très bien. Très très très bien.

(Ça ne m'est plus arrivé par la suite, je m'en rends compte: discuter dans un escalier, avec un voisin, de la sexualité d'un autre couple de voisins. Tenir très officiellement conseil, entre deux étages, à propos de la conduite à tenir collectivement quant aux mœurs sexuelles d'autres habitants de l'immeuble.)

C'était ce début qui était passionnant surtout. La suite était plus ordinaire. Le jeu aboutissait à des cris plus prévisibles, dont il n'y avait plus dès lors qu'à suivre la progression jusqu'au silence final. Des cris passionnés, ardents, qui dans leur ardeur étaient beaux. Mais qui n'avaient plus la même force de surprise.

Étions-nous, au même titre que tous les autres habitants de l'immeuble, les destinataires de ces ébats ? Une partie du jeu consistait-il à le faire entendre de toutes les oreilles qui vivaient là ? Je n'en suis même pas sûr. J'ai plutôt l'impression que, sitôt le jeu démarré, plus rien n'existait. Que ces deux-là se foutaient de tout. Qu'ils s'étaient trouvés et avaient la ferme intention d'en profiter.

Je me rappelle la première fois que j'ai vu son visage. Elle quittait leur appartement, donnait un tour de clé à sa porte. J'arrivais de l'étage inférieur. Elle était élancée, yeux vifs, visage très pâle, extraordinairement vivant. Je revois le grand bonjour entre nous. Les présentations sans détour, je suis sa nouvelle compagne, en montrant du doigt la porte, pour bien faire comprendre qu'elle parlait de notre voisin. Je revois son sourire immense, dépourvu de la moindre arrière-pensée, simplement joyeux, d'une joie simple, vraie. La franchise absolue de son regard, de ses yeux plantés bien en face dans les miens. Je revois nos promesses d'arranger bientôt un apéro tous les quatre. Comme si le reste se passait dans un autre monde. Comme s'il était impossible, plus qu'impossible, impensable que le moindre écho de leur intimité soit seulement parvenu à nos oreilles.

Avec ces voisins nous sommes devenus assez amis.

Ils étaient très heureux, très agréables.

Il y avait aussi, dans l'affection qu'ils m'inspiraient, et qu'ils inspiraient à A. je crois, quelque chose que je ne pouvais leur avouer : un peu d'admiration. Un peu d'incrédulité heureuse devant tant de liberté – puisque ça revenait à cela.

Les cris ont continué, à intervalles plus raisonnables.

L'année suivante ils ont déménagé, sont partis vivre dans un autre pays, puis dans un autre arrondissement de Paris. Nous ne les avons plus vus.

Je me rappelle la dernière fois que je les ai eus au téléphone. J'étais avec mes deux garçons sur une plage de Bretagne, pantalon retroussé, pieds nus. Nous cherchions des palourdes, les déterrions du bout d'un râteau à trois dents, les fourrions dans un seau.

La mer était descendue très loin. Il faisait beau. La plage, le ciel étaient vastes.

J'ai vu son nom s'afficher sur mon portable. Il m'a annoncé qu'ils allaient avoir une petite fille. Que tous les deux suivaient une formation pour devenir guides de montagne. Je l'ai félicité. Nous nous sommes un peu raconté les dernières années, avons promis de nous revoir bientôt. Nous avons raccroché. Je suis resté quelques secondes sans rien dire, à repenser très fort à eux deux de l'autre côté du mur. À toutes ces semaines passées à me demander quel jeu pouvait bien leur valoir cette joie si belle, si pleine.

Il m'a semblé réentendre le cri magnifique qui chaque soir et chaque matin électrisait tout l'immeuble, le jetait dans cet état de griserie douce, souriante, incrédule.

Puis un de mes fils m'a tendu son râteau et je me suis remis à creuser.

LES CENDRES

La Clio grise est lancée à cent trente sur l'autoroute. C'est le mois de juillet. La matinée se termine. Il fait beau, un soleil ordinaire d'été dans le Sud, que tous les trois regardent à peine, ou seulement pour se montrer la mer lorsqu'au détour d'un virage ou à la faveur d'une descente elle surgit entre les collines. La climatisation est poussée à fond. Malgré la chaleur au-dehors, la température de l'habitacle est agréable. Ils viennent d'assister à la messe. Maintenant ils accompagnent le corps au cimetière, à une bonne heure de route.

Il est assis à l'arrière, à un endroit où il ne s'installe plus qu'exceptionnellement désormais, habitué à tenir le volant ou à s'asseoir à côté de celle qui le tient, la banquette arrière réservée depuis dix ans au voyage des enfants, les leurs ou ceux d'amis.

Il aura bientôt quarante ans mais ce matin c'est comme s'il était à nouveau gamin, partait à nouveau en vacances avec ses parents en se faisant conduire comme autrefois. Il tire un peu sur sa ceinture, se penche en avant pour mieux entendre et se faire entendre. La longue procession de la vie s'est remise en ordre : son père est au volant, sa mère à la place du mort, comme il est d'usage de dire, malgré l'inexactitude de cette désignation, la place du mort n'étant jamais, que je sache, la place d'un vrai mort déjà mort, on ne songerait pas à le mettre là, même si ce pourrait être une jolie façon de lui réserver un dernier voyage, de laisser entrer dans ses yeux éteints une ultime vague de lumière et de rumeur du monde – en toute logique donc on ne devrait pas l'appeler la place du mort, seulement peut-être la place du mieux placé pour la mort, la place du favori, au vu des statistiques, de la meilleure cote, comme au tiercé, les jeux n'étant jamais faits, la vie n'aimant rien tant que déjouer les pronostics, toutes les places pouvant à tout moment devenir des places du mort, toutes les places étant intrinsèquement des places du mort, des places de futurs morts, à jamais, et bien malin qui oserait annoncer dans quel ordre.

Bref : ils sont là tous les trois, ses parents et lui, en route pour le cimetière. Et bien sûr ils parlent du mort, du vrai, celui qui est là devant, dans un corbillard qui doit lui aussi rouler à cent trente, quelque part sur cette autoroute, pris dans le même flot de voitures, cap lui aussi sur le petit cimetière où le rendez-vous est fixé dans une heure. C'est comme si maintenant que tout était fini ils l'apercevaient mieux, pouvaient l'envisager avec recul, ramené à ses justes proportions, embrasser la trajectoire entière de sa vie, la courbe entière de leurs rapports avec lui, des décennies durant.

À l'église il y a eu des discours, de la musique, des morceaux pour violon et piano, joués par plusieurs petits-enfants du mort, qui ne sont plus depuis longtemps de petits enfants. Tous ensemble ils ont écouté ces morceaux que le mort aimait, ils ont vu l'émotion sur le visage de la grand-mère assise au premier rang, l'ont regardée repenser au mort, aux innombrables années pendant lesquelles il avait d'abord été vivant, aux milliers d'heures passées à faire de la musique avec lui, vivants tous les deux, elle au piano, lui au chant. Ils ont guetté ce que cela lui faisait, de voir que la musique continuait, que le grand-père mort et elle avaient réussi ça, faire qu'après eux des enfants et des petits-enfants continuent de jouer, fassent à leur tour de la musique leur métier.

Au cimetière tout va vite. Devant les portes encore fermées, ils sont une trentaine à attendre dans le soleil, enfants, petits-enfants, anciens élèves de chant. Il y a même quelques très vieux qui sont venus aussi, parents d'amis qui ont tenu à être là, nonagénaires appuyés sur des cannes ou en fauteuil dont on ne peut s'empêcher de penser qu'ils sont là en repérage, ont bravé la distance et la chaleur aussi pour venir voir, se rendre compte, conscients que leur jour approche.

Arrivés dans la partie haute du cimetière les employés des pompes funèbres s'immobilisent près d'un caveau ouvert. C'est un bloc imposant, un bon mètre de haut, sans fioritures, presque au bout d'une allée détournée, dans un petit coin ombragé d'arbres d'où se découvre non seulement le reste du cimetière, mais toute la baie en contrebas.

Est-ce qu'il était venu voir, il se demande. Est-ce qu'il avait pris la route pour venir inspecter sa dernière demeure, et savait combien c'était beau.

Les types des pompes funèbres ont sorti le cercueil du corbillard, l'exposent une dernière fois dans l'allée, se tiennent à côté sans rien dire. Cela dure quelques minutes ainsi, sans un bruit, à regarder calmement la mer, à se murmurer deux ou trois phrases tout bas, à regarder se presser dans l'allée deux ou trois retardataires essoufflés.

À l'intérieur du caveau c'est noir, c'est le gris de la pierre froide et puis le noir de l'ombre, qui sait combien sont descendus là-dedans avant que le grand-père les rejoigne.

Un corbeau crie, des pigeons roucoulent dans un des cyprès voisins.

Mesdames et messieurs nous allons procéder à la mise au caveau, annonce le chargé de cérémonie, ces mots-là ou d'autres tout proches, peut-être qu'il ne dit pas mesdames et messieurs, qu'est-ce qu'il dit alors, quand même pas chers amis, ni chers proches, il n'a pas ce culot, c'est impossible, alors c'est bien mesdames et messieurs qu'il dit, qu'est-ce qu'il pourrait dire d'autre.

Et puis il pose cette question qui laisse un blanc.

Est-ce que quelqu'un veut ajouter quelque chose.

Est-ce que quelqu'un souhaite dire un dernier mot

à la mémoire du défunt avant que nous procédions à son inhumation.

Alentour chacun se tait.

C'est un silence lourd, impuissant, fait d'un peu de honte.

Salaud.

Il se rappelle qu'il pense ce mot à l'intention du chargé de cérémonie : salaud.

Ne rien avoir à ajouter à une vie humaine : quelle tristesse, il pense.

N'avoir rien à dire de plus.

N'est-ce pas cela la mort : on avait l'habitude de parler et maintenant on se tait, tout est fini, et plus personne ne dit rien, on est mort et même cette mort à la fin il n'y a plus rien à en dire.

Alors je vais vous demander de bien vouloir communier en pensée avec la famille et les proches, annonce le type en costume raide, et l'instant d'après le cercueil est soulevé, les têtes se redressent, les souffles se retiennent.

La boîte descend dans le trou.

Les cordes se tendent, grincent, coulissent, se détendent.

La boîte est au fond.

Ils embrassent la grand-mère, s'embrassent les uns les autres, restent un peu là dans les allées à prolonger le moment, que faire, on ne peut quand même pas s'en aller si vite.

La grand-mère est vaillante, son visage est clair, ses yeux du même bleu limpide que toujours, c'est comme si rien de ce qui arrive ne la surprenait, comme si elle avait toujours tout su, depuis le début.

Les types des pompes funèbres continuent de farfouiller dans le caveau, va savoir ce qu'ils trafiquent, quel remue-ménage ils font là-dedans.

Alors soudain la grand-mère quitte le petit groupe qui l'entourait et va les rejoindre. Ils la regardent qui approche, se demandent ce qu'elle va faire, attendent de savoir ce qu'elle va dire.

Mais elle ne dit rien.

Ils la regardent qui se penche à l'intérieur. Qui veut voir. Savoir à quoi ça ressemble là-dedans. Combien de place il reste. Quelle température il fait.

Tous ils la regardent qui très calmement accomplit ce petit exercice d'imagination, se demande ce que ça lui fera d'être bientôt là elle aussi, couchée à jamais dans l'ombre avec cet homme aimé pendant soixante-dix ans, aimé et maudit par moments sans doute, mais tout de même aimé, incontestablement l'homme de sa vie, près duquel il sera juste qu'elle repose.

Cela dure dix secondes, peut-être vingt.

Ses yeux sont calmes. Les cyprès ondoient doucement dans le vent, une huppe s'envole et va d'un long vol parabolique se reposer plus loin. Les allées crissent sous les semelles. Au loin la mer brille.

Au retour il est de nouveau seul avec ses parents. Le trajet est calme. Il y a la fatigue de l'église et du cimetière, le coup de mou de la collation qui a suivi l'enterrement, des verres de vin bus en famille, de l'émotion.

Moi je veux pas de tout ce machin, dit la mère au bout d'un moment. Moi vous me brûlerez d'accord.

Elle se retourne et le regarde en riant un peu nerveusement. Elle ne se teint plus les cheveux depuis quelques mois, ses cheveux maintenant sont d'un blanc magnifique, magnifiquement doux, qui lui va bien.

Écoute il faut bien parler aussi de ces choses un peu. Vous me brûlerez d'accord. Je veux pas de cette histoire de caveau. Que vous ayez à vous emmerder à payer une concession ou je sais pas quoi.

Il ne sait pas s'il doit s'empresser de dire oui, d'accord maman on te brûlera, je te jure on te brûlera, tu peux nous faire confiance, on ne s'emmerdera pas une seconde, pas moyen qu'on s'embête à te payer une concession ou un caveau.

Il ne sait pas s'il doit dire ça.

Vous me brûlerez qu'on n'en parle plus d'accord.

Il dit d'accord. Pour toi incinération c'est noté.

Elle rit.

La balle est dans le camp du père, qui n'a toujours rien dit.

Il paraît qu'on peut garder les cendres et faire pousser dessus un arbre.

Oh là là tout de suite.

La mère lève les yeux au ciel.

Quoi j'ai dit une connerie.

Un arbre tout de suite, pour emmerder tout le monde.

C'est pas un beau symbole un arbre ?

Mais mon vieux tu crois qu'ils auront que ça à faire, tes enfants et tes petits-enfants. S'occuper de ton arbre, venir l'arroser. Et s'il se met à tourner de l'œil, ton arbre.

Tous les trois ils rient.

Il regarde son père dans le rétroviseur. Le revoit quelques jours plus tôt encore, à la grande fête que la mère et lui organisent chaque été : l'évidence de sa joie, et combien il aimerait que jamais cela ne finisse, que toujours la vie soit ainsi, à se baigner avec ses amis et ses enfants et ses petits-enfants réunis. Sa déprime des lendemains de fête où la maison se vide. Le père et ses grands tournois de pétanque pour être sûr que tous les invités jouent, ses playlists pour danser, ses chansons de Dario Moreno sues par cœur pour faire rire. Le père et son bouleversement devant les disputes. Sa hantise du démembrement, des querelles, de tout ce qui sépare.

Moi vous me brûlerez et point final, j'ai pas l'intention de vous embêter après ma mort, redit la mère.

Ils se taisent tous les trois.

Le père regarde le fils dans le rétroviseur, l'interroge des yeux d'un air de lui demander ce qu'il en pense vraiment.

Ça te paraît con toi l'idée de l'arbre ?

Le fils dit que non, qu'il trouve ça super un arbre.

Tu vois.

La mère secoue la tête.

Évidemment il va pas te le dire. Si tu es pas capable

de le voir tout seul que c'est un emmerdement pas possible un arbre.

Le fils répète qu'il aime bien l'idée, d'ailleurs on pourrait le mettre dans le jardin cet arbre, ce serait beau, il dit.

Cette fois la mère sourit.

Pour nous avoir toute la journée sous le nez merci.

Le père et le fils exultent.

T'as dit nous. Toi aussi t'as envie d'un arbre tu vois.

Je sais pas, elle sourit. J'en sais rien.

Ils sont sur une portion d'autoroute plutôt sauvage. Des deux côtés c'est la forêt, à perte de vue. Une forêt de pins aux aiguilles délicates, souples.

Le jardin quand même c'est pas terrible, dit le père. Imagine que vous vouliez vendre.

De nouveau ils se taisent. Ils ne disent rien mais s'imaginent tous les trois sans doute la même chose : la maison vendue, les deux arbres laissés aux nouveaux venus. Abandonnés sans vergogne en terrain étranger, à jamais perdus désormais. Ou le contraire : la maison conservée à cause d'eux, et à cause d'eux seulement. Devenue du fait des deux arbres un boulet.

Dans la forêt, propose le père. Pourquoi pas dans la forêt toute proche.

La mère et le fils réfléchissent, acquiescent.

Pas mal.

Un coin qu'on connaîtrait nous seuls. Assez loin des maisons pour qu'ils n'y foutent pas demain un gigantesque lotissement.

De nouveau ils rient.

Bon c'est bien beau des arbres, dit le fils. Mais quels arbres vous voulez.

Le père n'hésite pas une seconde.

Un chêne.

La mère s'esclaffe.

Un chêne. Tout de suite un chêne.

C'est pas bien un chêne ?

La mère réfléchit.

Tu fais ce que tu veux. Moi je veux un olivier. Ou non, attends : un amandier. Ah on sera beaux tous les deux, le chêne et l'amandier côte à côte dans la forêt.

Ils sont d'humeur joyeuse. Ils viennent de parler pendant dix minutes sans s'interrompre. Maintenant seulement la conversation retombe. Ils se taisent. Le père regarde la route devant lui, trafique l'autoradio pour mettre de la musique. La mère regarde par la vitre latérale la barre rocheuse de la Sainte-Baume dont elle raconte toujours qu'un ami autrefois faisait chaque matin l'ascension.

La lumière a tourné. Elle arrive d'en face, les éblouit un peu.

Le fils regarde ses parents, assis chacun sur un siège devant lui.

Son père est un chêne, sa mère un amandier.

Il voit leurs feuilles qui poussent sous ses yeux, leurs branches qui croissent, qui emplissent calmement l'habitacle. Leurs branches qui depuis quarante ans s'entrelacent, se nouent.

Il se demande qui des deux partira en premier. Il se demande si c'est lui. Si c'est elle.

Il se demande ce que deviendra celui ou celle qui restera.

Il pense aux seules fois où l'un et l'autre ont dû rester une année séparés : la tristesse qui les a très vite gagnés tous deux.

J'ai fait un bon riz au porc pour ce soir, finit par dire la mère d'un ton enjoué. Avec du vrai riz rond d'Espagne tu vas voir.

Le même riz au porc que faisait déjà la grand-mère, pense le fils, et il se dit que peut-être ça ne lui arrivera plus souvent, d'être assis seul sur la banquette arrière, en voiture avec ses parents.

La mère se retourne. Le regarde. La Clio file, ils ont passé le petit canal, ils ne sont plus très loin maintenant.

AWA BEAUTÉ

Le saladier se remplit. Une à une les crevettes décortiquées s'entassent. Awa y est depuis une bonne demi-heure. Ses doigts attrapent, étirent, épluchent, disjoignent. Pour la tête c'est facile. La queue dans une main, la longue capsule bardée d'antennes et de pinces dans l'autre. Les doigts à la jonction, serrés comme un garrot. Une pression ferme et ça vient. Les muscles se déchirent, la chair cède. Cru c'est plus mou. La pulpe est grisâtre. Les ongles fouillent les tissus, séparent les fibres, arrachent l'un après l'autre les segments de la queue. Les doigts se colorent de brun. L'odeur s'infiltre sous les ongles. Une odeur iodée, âcre.

Awa en a déjà préparé plus des deux tiers. Encore une trentaine et il ne restera que les tigrées. Les plus grosses. Douze mille francs le kilo. Et encore. Ça c'était la dernière fois que madame Cissé a envoyé Awa en acheter, il y a bien deux ans déjà. Est-ce qu'elles ne sont pas à quinze ou vingt mille maintenant.

Les tigrées, les marchands ne les sortent pas sur les

étals. Trop de soleil. Et qui peut acheter des tigrées. Non : ils les gardent soigneusement sous l'étal, dans une caisse en polystyrène remplie de glace. Pour les gros clients. Les climatisés. Ceux qui roulent climatisé, travaillent climatisé, dorment climatisé.

Est-ce que les tigrées aussi ça s'épluche. Awa n'a pas pensé à demander à madame Cissé. Est-ce que les tigrées aussi on leur enlève la tête, comme à de vulgaires crevettes à trois mille le kilo.

Dans le sac plastique Awa peut les voir, striées de vert et de jaune vif. Les pattes pourpres. Ventrues. Belles. Brillantes comme des poissons dans sa main quand elle les empoigne. Et dures. Dures. Avec des yeux noirs qui ont l'air de vous regarder encore dans le fond des pupilles, comme si elles sortaient de l'eau.

Une mouche s'est posée sur le saladier. Énorme. Velue. Une mouche vert métallique. Gorgée de jus.

Va-t'en.

Awa balaie de la main au-dessus. La mouche ne bouge pas.

Va-t'en saleté.

La mouche s'envole. Lourde. Lente. La main d'Awa la touche. Bruit sec. Choc du petit corps contre sa peau.

Foutue bête va-t'en.

La mouche s'est déjà reposée. À quelques centimètres à peine. Comme si la main d'Awa ne l'avait pas touchée. Ne lui faisait pas peur. Comme si grisée de jus elle ne connaissait même plus ça : la peur.

Bam.

Awa raccroche le torchon, attrapé par un bout pour cogner.

La mouche est par terre, pattes en l'air. Elle ne bouge plus, n'a même plus les spasmes de ces mouches qui agonisent en bourdonnant au ras du sol, ailes cassées.

Morte. D'un coup. Et c'est étrange comme soudain c'est peu de chose une mouche morte. Même la plus grosse. Même la plus verte et la plus velue. Comme toute la colère qu'on avait contre elle s'en va.

Par les persiennes Awa regarde le manguier de la cour. Les feuilles qui bougent doucement dans le vent. Les fruits encore verts. Petites torpilles de chair compacte, acides, résistantes, dures à faire mal au crâne lorsqu'aux branches basses la tête les cogne.

Le téléphone est près d'elle. Un petit Nokia que lui a donné madame Cissé. Celui de sa fille Fatou, le jour où madame Cissé a offert à Fatou un Samsung pour son baccalauréat.

Awa j'ai pensé que ça pourrait te servir. Un petit Nokia même vieux ça sert toujours.

Maintenant Awa le surveille. Guette les nouvelles de son frère Boubacar, qui a rendez-vous ce matin à l'hôpital. C'est elle qui lui a payé l'examen. Trois mois que Boubacar maigrit. Qu'il est fatigué. Qu'il se fane comme un pied de bananier déjà récolté. Se fane, woye, à une vitesse.

Va voir le médecin Boubacar.

Combien de fois Awa lui a dit.

Va voir le médecin Boubacar bientôt tu feras trente kilos.

Boubacar secouant la tête. Répétant ça va mieux. Depuis quelques jours je reprends.

Laisse Awa puisque je te dis que ça va.

Jusqu'au soir où Mamady était venu la trouver. Mamady le doyen du chantier du pont à Boudody. Mamady deux fois plus âgé que Boubacar, qui connaissait le gamin depuis dix ans. Avait fait cinquante chantiers peut-être avec lui.

Awa tu ne vois pas que ton frère fond qu'il n'a plus de forces ne peut plus soulever même une pelletée de gravier.

Lui tendant deux billets de dix mille en guise d'aide.

Mamady chargé de nourrir vingt bouches à lui tout seul.

Répétant prends.

Awa avait refusé. Remercié Mamady.

Le lendemain elle avait donné trente mille à Demba, son frère cadet. L'avait chargé de mener Boubacar en taxi à l'hôpital.

Ils avaient attendu longtemps dans le petit hall des urgences. Boubacar s'était endormi. Il avait fallu que Demba le secoue sur son siège pour le réveiller.

Boubacar.

Boubacar debout c'est à nous.

Derrière son bureau le médecin avait prononcé un mot que les deux frères avaient rapporté de leur mieux à Awa en rentrant.

Colotopie.

Non coscolopie.

En tout cas ils vont fourrer une caméra dans les fesses de Boubacar.

Une caméra le médecin l'a dit.

Woye une caméra dans mon derrière il a dit ça je te jure Awa.

Comme un petit sous-marin téléguidé il a dit, avec un œil au bout pour tout bien examiner.

Tous les trois ils n'avaient pu s'empêcher d'être fiers.

Un sous-marin téléguidé ce n'est pas à l'ancien hôpital qu'il y aurait eu ça.

Pendant longtemps la ville n'avait eu que l'hôpital régional, mouroir écrasé de chaleur, posé tout au bout du goudron comme un signe, terminus de la route aussi bien que de la vie, avec son enfilade de dispensaires ensablés au beau milieu d'une esplanade étourdie de soleil.

Le plus sûr endroit pour mourir rek.

Et si par malheur tu es encore un peu trop vivant à ton arrivée de toute façon ils te finissent dans la semaine.

Il y avait eu un ou deux scandales mémorables.

À Ziguinchor on ne dit pas coupure de courant. On dit pudiquement : délestage. Comme s'il ne s'agissait pas du tout d'un problème, plutôt d'un choix de raison, d'une pure décision de prudence, par souci de ménager le réseau, d'épargner aux câbles électriques l'excès de sollicitation d'une tension trop continue. Le délestage comme forme de sagesse. Refus de céder au sempiternel diktat du bon fonctionnement de tout.

Depuis des semaines, les gérants de la centrale de Boutoute faisaient la démonstration de leur tempérance : ils soulageaient comme jamais le réseau et l'ensemble des appareils électriques de Casamance, leur offrant vingt-trois heures de repos par jour.

Des quatre générateurs de la centrale de Boutoute, trois étaient morts. Le quatrième, jusque-là consacré à l'alimentation des hôtels de luxe de la côte, dont il n'était pas question de pénaliser les clients cinq étoiles, avait mission, avec l'infime fraction d'énergie rescapée chaque jour de l'éclairage des piscines et de l'illumination des salles de bal, de desservir tout le reste de la Casamance. Cela donnait : une demi-heure de courant par jour et par quartier.

Tout aurait peut-être continué longtemps si un soir des habitants n'avaient repéré cette anomalie : le stade allumé, les demi-finales des championnats de football interquartiers, les navétanes battant leur plein jusqu'à minuit, tous projecteurs plein pot, pendant qu'à trois cents mètres de là les fenêtres de l'hôpital régional se trouvaient plongées dans le noir, couveuses débranchées, blocs opératoires et réserves de médicaments abandonnés aux trente-cinq degrés ambiants.

Trois enfants prématurés décédés pendant les demi-finales, avait annoncé *Wal Fadjri* le lendemain, provoquant une émeute.

Depuis, les choses ont changé. L'électricité ne manque plus. Le tout nouvel hôpital de la Paix, promis pendant dix ans par l'ancien président, vient enfin d'ouvrir ses portes en plein centre. Maintenant il est là, à deux pas du grand marché. Sa façade en verre fumé trône comme celle d'un palais.

C'est là qu'est Boubacar en ce moment. Assis sur un des sièges de la salle d'attente. Au milieu de la pièce carrelée à grands frais, ornée de plantes vertes qu'Awa peut voir en pensée en continuant d'éplucher les crevettes, aussi nettement que si elle y était.

Boubacar assis dans la bonne odeur de propre, au milieu de la pièce fraîche, si fraîche qu'Awa a failli attraper un rhume la seule fois où elle y est allée, un jour que les bronches de sa toute petite Maïmouna sifflaient à faire peur.

Est-ce que les médecins n'ont pas donné ce jour-là à Maïmouna le traitement parfait, une cure d'antibiotiques qui l'a guérie en deux jours.

Est-ce que la seule vue d'un pareil hôpital ne suffirait pas à guérir même le pire des malades.

★

Awa regarde le Nokia. Il est midi. Il faut qu'elle se dépêche.

Il y a eu un boum dans le salon.

Le bruit d'un objet lourd, tombé de haut.

Maïmouna.

Maïmouna ça va ?

La lampe sur l'étagère. La lampe en bois de vène de madame Cissé.

Awa regarde ses mains pleines de pulpe de crevette. Regarde le robinet. Hésite à marcher jusqu'au salon sans même se rincer les mains.

Maïmouna tout va bien ?

Elle entend la petite qui revient du salon. Ses pas maladroits, tout petits, d'enfant qui n'a pas deux ans.

Qu'est-ce que tu as fait tomber Maïmouna. La lampe ? Tu as fait tomber la lampe.

Maïmouna fait oui avec la tête.

Maïmouna la lampe de madame Cissé.

Je t'ai dit combien de fois de pas toucher cette lampe.

Awa marche jusqu'au salon. La lampe est là, par terre. L'ampoule cassée net, juste au-dessus du culot. Le verre fracassé en mille morceaux. Le pied en bois rouge heureusement intact.

Awa essuie ses mains dans sa robe. Ramasse le pied. Regarde les éclats qui brillent sur le carrelage gris, épars dans la lumière. Il y en a beaucoup. Il y en a jusqu'au canapé.

Maïmouna tu ne crois pas que j'ai pas assez de travail comme ça.

Elle va à la cuisine chercher la balayette, revient dans le salon, s'accroupit.

Dans la pelle en plastique les morceaux de verre crissent. Ils sont fins, tranchants comme des lames.

Maïmouna tu veux que madame Cissé me tue c'est ça que tu veux.

Au fond de la pelle les débris font un petit tas brillant. Léger.

Awa revient dans la cuisine. Se remet aux crevettes. Sur l'écran du Nokia il est presque midi trente.

Pourquoi Boubacar et Demba n'appellent pas. Depuis quand le nouvel hôpital fait lui aussi attendre les malades.

Awa pense aux bras tellement amaigris de Boubacar.

À Demba qui le portait presque pour le faire monter dans le taxi ce matin.

Puis pour chasser la tristesse elle pense à tout autre chose, qui lui donne le sourire chaque fois : son salon. Le salon de coiffure qu'elle ouvrira bientôt.

AWA BEAUTÉ.

AWA COIFFURE.

Le nom n'est pas encore sûr.

AWA BEAUTÉ avec une devanture peinte en rose et bleu, ses couleurs préférées. Et dessinées au mur des têtes de femmes arborant toutes les coiffures que proposera le salon, des plus traditionnelles aux plus modernes, l'Aline Sitoé Diatta, l'Angela Davis, la Beyoncé, la Rihanna.

AWA BEAUTÉ et du jour au lendemain elle arrêtera la cuisine chez les Cissé, elle arrêtera les ménages à la banque.

Fini les crevettes.

Fini l'odeur sous les ongles.

Elle sait déjà le quartier où ce sera : Lyndiane. Elle sait même l'emplacement exact. Un petit local qui existe déjà, tout près de la dibiterie du carrefour. Un salon minuscule qui pour le moment piétine, ça se voit. S'il y vient trois clientes dans la journée c'est le maximum.

Parce que la gérante n'a pas le millième du style d'Awa.

Parce que personne ne la voit quand elle passe dans la rue.

C'est tout simple. Awa lui a parlé un jour. Elle a presque eu envie de le lui dire.

Ma chérie pourquoi les femmes viendraient se faire coiffer chez toi.

Pourquoi toutes on s'abandonnerait à tes mains qui nous donnent si peu de raisons de leur faire confiance.

Awa reprendra le salon et tout sera différent.

Les clientes viendront chez Awa.

Elles se presseront comme des mouches chez Awa et cela pour une raison très simple : parce qu'Awa est belle. Il n'y a qu'à voir le regard des hommes assis sur le trottoir quand elle passe. Ces yeux qui s'attachent à ses pieds ses jambes ses épaules. Qui collent à chaque pas qu'elle fait, heureusement qu'ils sont assis et pas à moto ou en voiture, ça ferait beaucoup d'accidents.

Elle la connaît, cette dévoration des hommes remplis de désir. Ce regard fauve, presque grossier, tellement carnassier parfois qu'il lui faut presque se retenir de se retourner et de leur tomber dessus.

Ça va tu me déshabilles comme tu veux la marchandise te plaît.

Tous ces hommes qui parlent qui parlent.

Qui l'appellent Awa.

Qui la tchipent quand elle passe.

Qui lui disent ma chérie viens.

Qui font semblant de se fâcher si elle ne répond pas.

Hey toi ma belle attends attends qu'est-ce qui t'arrive tu as peur du lion c'est ça.

Qu'est-ce qu'il y a tu en aimes un autre.

Woye vous tous au voleur aidez-moi s'il vous plaît un homme m'a volé cette femme.

Tous ces coqs qui bombent le torse qui font les mâles.

Tous ces parleurs vissés à leur tabouret, planqués derrière leur fourneau à thé.

Awa rigole.

Des rois de la parade et rien, pas le moindre courage.

N'empêche : ce sont eux qui feront son succès.

C'est de les voir dans cet état qui jettera les femmes dans son salon.

Awa ma chérie comment tu vas.

Awa ma sœur coiffe-moi fais-moi belle ensorcelante irrésistible comme toi.

Empressées toutes.

Aimantes.

Même Aïssatou.

Même Bintou.

Même les mégères de la maison carrelée à l'angle habituées à persifler dans son sillage.

Même la vieille comptable malade de jalousie à la banque.

Awa mon Awa merci.

Awa doigts de fée.

AWA BEAUTÉ en lettres roses et bleues à Lyndiane dès l'année prochaine inch'allah et le salon ne désemplira plus du matin au soir.

Depuis le temps qu'Awa espère.

Depuis le temps qu'elle abandonne la moitié de son salaire de la banque à monsieur Ba pour qu'il le garde sur un compte.

Épargne Awa.

Lui répétant inlassablement ce conseil.

Mets de côté c'est ta seule chance.

Monsieur Ba pénible par moments, monsieur Ba collant, gluant presque. Mais monsieur Ba sans qui jamais l'idée ne lui serait venue.

Épargne Awa tu verras c'est le seul moyen et monsieur Ba avait dit vrai, il y a des années de ça déjà, et maintenant le jour est tout proche.

⋆

Il est midi quarante. Awa s'attaque à la dernière tigrée.

Arrête de me coller Maïmouna.

Arrête ma fille je suis pressée tu ne vois pas que l'heure tourne.

La petite a trouvé la mouche par terre. Elle la tient entre le pouce et l'index. Elle la montre à sa mère. Elle ne sait pas encore dire maman. Elle crie en tendant la mouche et son petit cri aigu fait mal aux oreilles d'Awa.

Maïmouna jette ça c'est sale.

Maïmouna je t'ai dit de jeter la mouche.

Awa prend la mouche entre l'index et le pouce de la petite, la jette dans la poubelle parmi les déchets de crevettes.

Cette fois le Nokia vibre. Il bourdonne sur le bord de l'évier. Se déplace sur l'émail blanc, de quelques centimètres à chaque vibration.

Awa se passe les mains sous le robinet. Attrape le petit appareil.

Allô Boubacar c'est toi.

C'est pas Boubacar c'est Demba.

Awa se tait. Elle écoute. Elle sent la nouvelle qui éclate en silence dans sa tête et sa poitrine. C'est une déflagration lente, sourde, du dehors on pourrait croire que rien ne se passe, au-dedans c'est comme un souffle qui enfle, une plante qui grandit grandit prend bientôt toute la place dans sa poitrine.

Un cancer ah bon.

Sa voix est calme.

Le médecin est sûr à cent pour cent hein.

Elle sent la plante au-dedans d'elle qui l'étouffe, ses feuilles qui poussent, poussent de toutes parts contre les parois de sa cage thoracique, bientôt elle n'aura plus la moindre bouffée d'air.

Une chimio waw bien sûr je sais ce que c'est Demba tu me prends pour qui. La chimio comme le père de monsieur Cissé l'an dernier là.

Elle ne dit pas ce qu'elle pense : que la chimio n'a pas sauvé le père de monsieur Cissé. Que le traitement ne l'a pas empêché de mourir en trois mois, comme la sœur de Marie-Sophie que sa famille avait envoyée à Dakar, comme Barnabé le cuisinier du Néma-Kadior à qui les gérants de l'hôtel avaient payé la meilleure clinique.

Elle répète la somme que dit Demba : à peu près deux millions.

Quel Dakar pourquoi tout de suite Dakar comme ça, ils ne peuvent pas faire la chimio ici.

Il n'y a pas la chimio au nouvel hôpital mais il y a quoi alors.

Ça sert à quoi un beau climatisé une belle salle d'attente carrelée comme ça s'ils ne savent même pas faire une chimio.

À l'autre bout du fil Demba se tait.

Awa finit de nettoyer les tigrées, elle les place dans un second saladier, à côté du premier.

Maintenant qu'elles sont toutes épluchées le grand bol est presque plein.

Awa plonge la main dedans, soupèse les crustacés nus, leurs muscles écorchés, leurs chairs molles.

À peu près deux millions sans compter le billet de bateau pour Dakar, mais à côté de ces deux millions-là les vingt mille du bateau la font tout d'un coup presque rigoler. Elle se répète ce qu'a dit Demba avant de raccrocher.

Le médecin dit c'est cher mais c'est la seule chance.

Il dit si on peut il faut.

Awa attrape le torchon, le dépose sur le saladier rempli de crevettes.

Elle en sort un autre d'une étagère, le déploie sur celui où reposent les tigrées.

À ses pieds la petite pleure. Se frotte contre ses jambes.

Se suspend à ses genoux, lui tire sur la main pour la faire descendre à sa hauteur.

Maman pourquoi tu as jeté la mouche.

La petite ne parle pas mais sait parfaitement se faire comprendre.

Je veux la mouche maman.

Awa se répète les mots de Demba : à peu près deux millions. Peut-être un peu moins. Peut-être un peu plus.

Elle tchipe.

Qui a déjà vu au Sénégal quelque chose coûter finalement moins cher qu'annoncé.

La phrase du médecin est très claire : ce sera plus de deux millions.

Maïmouna pleure. Elle cherche la mouche dans la poubelle. Il y a beaucoup de choses dans la poubelle.

Maïmouna c'est sale arrête.

La gamine retourne les carapaces et les têtes de crevettes, elle fouaille là-dedans à pleines brassées, elle veut trouver la mouche.

Maïmouna ça suffit woye arrête tu veux que je me fâche ou quoi.

Demba n'a fait que dire le prix. Il n'a rien ajouté. Il n'a pas eu besoin.

Demba n'a rien, ne possède rien.

Boubacar ne possède rien non plus.

Personne ne possède rien dans cette foutue famille, est-ce seulement croyable.

Des parents qui n'ont pas même laissé une maison à leurs enfants.

Des frères qui n'ont jamais mis un sou de côté.

Une seule personne a des sous : Awa.

Pas beaucoup de sous mais un peu. Dans les huit cent mille. Pas loin du million.

Une seule personne peut payer, ou en tout cas se poser la question de payer : Awa.

Elle entend déjà les récriminations de ses frères.

Pas question Awa tu entends ce qu'on te dit pas question.

Tout cet argent que tu mets patiemment de côté depuis des années.

Le cramer pour changer quoi.

Laisse.

Laisse on te dit Awa on va trouver une solution.

Toutes ces heures à travailler.

Elle entend déjà ses frères et pourtant elle sait.

Elle compte.

Cinq cent mille sur son compte à la banque.

Trois cent mille confiés à madame Cissé qui les lui rendra, qui lui donnera bien cinquante ou cent mille en plus en guise d'aide.

À ses pieds Maïmouna pleure.

Ma fille arrête avec cette mouche maintenant arrête tu entends.

La voix d'Awa s'est durcie.

Maïmouna pleure de plus belle.

Est-ce qu'elle pleure à cause de la mouche.

Est-ce qu'elle pleure parce qu'Awa l'a grondée.

Ou est-ce qu'elle pleure parce qu'elle sent.

Parce qu'elle sait.

Parce qu'elle a deviné ce qui arrive, ce qui arrivera.

Est-ce que c'est vrai ce qu'on dit : qu'avant d'apprendre à parler les enfants voient des choses que les adultes ne voient pas. Que les très petits enfants sentent. Qu'ils savent. Justement parce qu'ils ne parlent pas. Ne s'assourdissent pas encore les sens du même bavardage que les adultes.

Awa regarde Maïmouna qui se roule presque par terre en pleurant à présent.

Est-ce que la semaine précédente la petite n'a pas prédit la naissance des deux jumeaux de Séga.

Est-ce qu'elle n'a pas porté deux fois la cruche à boire à Séga qui était enceinte, une première fois et Salimata à côté de Séga a souri, elle te porte la cruche Séga ça veut dire que c'est pour ce soir a-t-elle dit en riant, une deuxième fois et Salimata cette fois est restée interdite, deux fois la cruche si la petite dit vrai Séga tu auras des jumeaux, deux jumeaux cette nuit et Séga a ri, des jumeaux ce serait le comble a-t-elle dit en regardant son ventre, Awa est repartie avec Maïmouna la journée est passée Awa n'a plus pensé à tout cela et c'est seulement le lendemain matin qu'une main est venue frapper à sa porte, le mari de Séga l'a regardée, il avait l'air fatigué, perplexe et fatigué, il lui a tendu des bonbons un plein sac de bonbons et il a dit c'est pour la petite tu lui donneras n'est-ce pas, Séga est à l'hôpital, elle est en pleine forme, les jumeaux sont nés cette nuit, alhamdoulilah tout va bien, tu remercieras Maïmouna tu lui diras que

Séga l'embrasse tu lui donneras ces bonbons je compte sur toi n'est-ce pas.

★

Awa est sortie.

Elle a quitté la fraîcheur de la maison des Cissé aux persiennes toute la journée rabattues, quitté l'ombrage du manguier, la cour moussue à force de pénombre et d'humidité filtrant des hauts murs.

Elle marche sous le soleil, au milieu de la rue poudreuse.

C'est l'heure où tout est écrasé de chaleur. Où sur les banquettes les corps s'allongent inertes pour tâcher d'oublier la fournaise. Où chacun bouge le moins possible, et si un piéton paraît au loin en train d'aller comme si de rien n'était on le regarde comme un fou, on suit un moment sa silhouette qui avance au loin parmi les fumerolles du goudron et au bout d'un moment on renonce, la silhouette dérisoire s'éloigne, sort du champ, on ne va pas non plus tourner la tête, les paupières retombent, à quoi bon de toute façon, va comprendre la folie des hommes.

Awa a déposé Maïmouna chez Salimata.

Elle a regardé la petite entrer à pas légers dans la maison, s'en aller retrouver Papis et Issa, les jeunes garçons de Salimata.

Maintenant elle va prendre son travail à la banque.

Elle se tient droite, plus droite encore qu'à l'accoutumée.

Elle ne sent pas la chaleur, n'a que faire du soleil.
C'est l'Awa de tous les jours.
C'est une Awa que personne n'a jamais vue.
Qu'a-t-elle.
Qu'a-t-il son visage.
Est-ce possible. Que tous le voient à ce point.
À l'angle de la rue les mégères sont là. Awa peut déjà les entendre. Sentir arriver à ses oreilles leurs messes basses.
Mais non.
Même les mégères se taisent.
Un homme l'appelle chérie mais aussitôt se reprend.
Pour un peu il s'excuserait.
Awa fend les mêmes rues que tous les jours et qu'arrive-t-il, les regards qu'elle rencontre aujourd'hui ne sont pas du tout les regards remplis de désir des autres jours, au contraire ce sont des regards graves.
Awa ça va.
Qu'est-ce qui se passe Awa tout va bien.
À la banque monsieur Ba la salue sans lever la tête de ses dossiers. Il est assis à son bureau, il ne l'a pas regardée, n'a pas levé les yeux vers elle, s'est contenté de lui adresser un rapide bonjour.
Comment allez-vous Awa.
Bien monsieur Ba et vous-même.
Awa ne s'est pas attardée, elle est allée chercher la serpillière et le seau.
Elle s'est mise à laver le fond de la pièce.
Elle a regardé monsieur Ba penché sur son bureau.

Le dos de monsieur Ba, puisqu'il lui tourne le dos.

Elle a repensé à toutes les fois où monsieur Ba lui a proposé de devenir sa femme. C'est-à-dire sa deuxième femme, puisque bien sûr monsieur Ba a depuis longtemps une femme, à laquelle il s'est bien gardé de parler de la proposition qu'il a faite à Awa.

Awa s'est rappelé le temps où monsieur Ba la poursuivait assidûment. Où il restait toujours sans partir déjeuner pour être avec elle à la pause, prétextant du travail, laissant partir tous les employés pour se retrouver seul à seule avec elle.

Vous avez toujours mes cinq cent mille monsieur Ba.

Le directeur de la banque a levé les yeux vers elle. Il l'a regardée par-dessus ses lunettes. Est resté quelques secondes à l'observer.

Vos cinq cent mille sont là bien sûr Awa. Sur le compte à votre nom. Je pensais que vous vouliez attendre encore un peu avant d'investir.

Monsieur Ba est chauve, il a une grosse tête ronde, des petits yeux plissés au milieu, qui lui donnent un air doux. Il n'a jamais été beau. A toujours eu trente ans de trop au moins pour avoir la moindre chance d'attirer Awa. Mais il est bon. Même au temps où il la poursuivait il n'a jamais cessé d'être bon.

Bien sûr elle s'agaçait quand il restait le midi.

J'ai du travail monsieur Ba.

Vous savez bien que j'ai deux heures à peine pour faire tout le ménage de l'agence, dans une heure les autres seront de retour et si tout n'est pas fini de quoi aurai-je l'air.

Une fois il l'a suppliée de l'embrasser. Il lui a dit Awa s'il vous plaît. Il l'a appelée, lui a soufflé embrassez-moi Awa juste une fois je vous en prie, toujours avec ce vouvoiement comique.

Elle s'est approchée, a commencé à le masser.

Il s'est détendu dans son fauteuil, a pris ses aises. Au bout d'un moment il a déboutonné son pantalon, sorti son margouillat, supplié Awa de le prendre dans sa main.

Faites-moi venir Awa s'il vous plaît.

Awa a pris le margouillat dans sa main. Monsieur Ba est venu vite, l'a remerciée beaucoup.

Le lendemain il lui a dit qu'elle aurait un contrat fixe à présent. Salariée à mi-temps. Déclarée en bonne et due forme à l'inspection du travail. Du jamais vu.

Elle a pensé que les séances du midi redoubleraient mais non. Monsieur Ba est très pieux. Il n'a jamais reparlé de la scène. N'a jamais redéboutonné son pantalon.

Elle a refusé ses propositions de mariage, il ne s'en est pas vexé, au contraire, il en a peut-être été secrètement soulagé.

Il s'est peu à peu mis à la traiter comme sa fille.

À présent il la regarde de travers. Étonné qu'elle ne lui dise pas à quoi elle compte employer les cinq cent mille.

Ce n'est pas pour une bêtise au moins.

Awa sourit. Elle se demande à quel genre de bêtise peut bien penser monsieur Ba.

Quelle bêtise assez grosse pour qu'y partent en fumée cinq cent mille francs économisés de haute lutte.

Ce n'est pas pour une bêtise non.

Monsieur Ba continue de l'épier pour savoir si elle va se décider à parler.

De toute façon ça ne me regarde pas, ces cinq cent mille sont à vous.

Awa ne cherche pas à le contredire. Elle trempe la serpillière dans le seau d'eau savonneuse, la tord pour faire tomber de l'eau sur le carrelage, se met sans attendre à frotter.

Au bout de ses bras le balai-brosse est dur.

Elle appuie dessus plus fort qu'elle ne l'a jamais fait, frotte le sol avec une force qu'elle ne se connaissait pas, tout son être tendu, ses pensées tout entières dirigées vers ce seul but : frotter vite. Frotter fort. Frotter bien.

Sûr que si monsieur Ba savait, il la gronderait.

Awa vous êtes folle à quoi bon.

À quoi bon vous savez bien qu'il est perdu.

Sûr qu'il l'arrêterait, refuserait de lui donner l'argent, si tant est qu'il en ait le droit.

S'arrangerait au moins pour compliquer sa récupération, gagner du temps, l'obliger à réfléchir avant qu'il soit trop tard.

Vous ne voulez pas me dire ce que vous comptez faire Awa.

Ce n'est pas une bêtise monsieur Ba je vous jure.

Et voilà qu'elle s'attaque à la salle d'eau, relève la cuvette de toilettes, plonge dedans le goupillon pour faire briller la faïence.

*

Quand elle quitte l'agence deux heures plus tard, elle n'a toujours pas faim.

La lumière a baissé, les rues se sont animées, des enfants jouent au ballon, des voisins sont sortis sur leurs terrasses, ils la saluent.

Comme elle passe devant le petit salon de coiffure à côté de la dibiterie, son portable sonne.

Allô Awa c'est Demba. On est avec Boubacar à la maison.

Awa n'est pas surprise.

J'arrive.

Sa voix est calme. Elle marche encore une dizaine de minutes.

En entrant dans la petite chambre elle aperçoit ses frères.

Boubacar est allongé sur le lit, endormi. Demba est près de lui. Ils sont fatigués tous les deux.

Le nouvel hôpital c'est pas encore ça.

Awa s'assoit près de Boubacar. Elle le regarde longtemps. Regarde ce frère qui tout d'un coup vaut deux millions. Ce frère qui va mourir, elle le sait, comme Demba le sait, et qui avant de mourir va tout lui prendre. Ce frère qui à présent est son destin, quarante-cinq kilos à peine la peau sur les os et pourtant il va changer sa vie.

Awa sort cinq billets de dix mille, de ceux qu'elle garde toujours dans la doublure de son soutien-gorge, en cas de besoin. Elle les tend à Demba.

Ça c'est pour le bateau. Vous y allez tous les deux, départ dimanche.

Demba ne dit rien. N'a de toute façon rien à dire, il le sait.

La voix d'Awa est machinale à présent, il n'y a ni joie ni peine dans ses phrases.

J'ai parlé à monsieur Ba, le directeur de la banque. J'ai des sous sur un compte, ça suffira pour le début au moins.

Ils sont tous les deux là sur le bord du lit, près de Boubacar allongé.

Le petit frère dort. Sa respiration est faible.

Il n'en peut plus, dit doucement Demba.

Awa se tait un moment.

Elle regarde Boubacar qui va partir dans trois jours à Dakar.

Boubacar qu'elle ne reverra plus.

Boubacar et son visage d'enfant épuisé, ses membres tellement grêles maintenant, chaque jour plus grêles.

Quand elle l'a bien regardé elle se lève.

Je retourne chez madame Cissé. Elle a des invités ce soir, je dois finir la cuisine.

Dehors c'est sa rue.

Les hommes l'attendent.

Les femmes l'attendent.

Elle reçoit des bonjours.

Elle reçoit des douceurs.

Awa ma chérie.

Awa ma toute belle.

Les branches des arbres au-dessus d'elle se bercent doucement dans le léger vent.

Des épis de maïs grillent au-dessus d'un vieux bidon.

Des odeurs de brochette montent.

Des bouteilles de bière tintent.

Elle est Awa.

Elle est la belle Awa.

Elle n'aura pas de salon.

Jamais.

Elle y était presque.

Elle ne disait rien. Ne fanfaronnait pas.

Elle attendait le moment de pouvoir le dire.

Elle s'approchait doucement. Patiemment.

Ce n'était plus l'affaire que de quelques mois.

Elle avait parlé à Séga un soir, à peine parlé car à Séga il ne faut jamais trop se confier.

Elle avait tout dit à Salimata.

En dehors de ces deux amies personne.

Personne pour rêver avec elle.

Personne à présent pour pleurer.

Elle sent un rire qui lui monte dans la gorge.

Un grand rire brusque qui éclate et sort de sa bouche en cascade sans qu'elle y puisse rien.

Un rire à faire peur à tous ceux qui l'entendent.

Ce sont des larmes.

C'est un cri.

Je suis Awa.

Je suis cette Awa-là qui a failli un jour avoir un salon et qui n'en aura jamais.

Il faudrait qu'il pleuve.

Il faudrait que la pluie lave ses larmes.

Mais il fait beau.

Qu'est-ce qu'elle a cru.

Qu'est-ce qui lui a pris.

Comment a-t-elle osé.

Folle.

Elle se cambre.

Elle se dresse.

Elle se tend de toute la hauteur de sa frêle silhouette pour porter l'infinie tristesse qui l'écrase.

Elle sent les regards sur elle.

Elle sent les yeux qui de toutes parts devinent son malheur, le reniflent, s'en repaissent.

Elle voudrait mourir de ces regards.

Elle voudrait qu'ils la pressent, l'écrasent, la fassent disparaître.

Désintégrée.

Pulvérisée.

Elle pleure.

Awa ma belle Awa ça va.

À la maison madame Cissé est en train de mettre le couvert. Elle a posé sur la table des photophores en métal ajouré, installé quatre petits napperons sous les assiettes. Elle est de bonne humeur, Awa la connaît, le dîner de ce soir lui fait plaisir, ce sont des invités qu'elle aime.

Awa ma petite Awa bravo pour les crevettes elles sont parfaites il ne reste plus qu'à les faire cuire.

Regardez-moi mais dites donc vous avez les yeux bien rouges vous êtes sûre que ça va.

Ça va madame Cissé.

Madame Cissé la regarde, son regard est bon.

Ça va madame Cissé je vous assure.

Awa se détourne de la patronne, marche jusqu'à la cuisine pour enfiler son tablier. Elle ouvre la porte du frigo, attrape le premier saladier, puis le second. Elle enlève les torchons posés dessus. Regarde les crevettes raffermies par le froid du frigo.

Elle écrase un peu d'ail, le jette dans la poêle avec de l'huile et une pincée de sucre, quelques gouttes de vinaigre comme lui a montré madame Cissé.

Puis quand l'huile est bien chaude elle y dépose les crevettes, une poignée après l'autre. Regarde la chair qui très vite blanchit, blanchit. Écoute le sifflement du jus qui brûle. Guette l'odeur qui change, le cuit qui remplace le cru, l'iode qui s'éloigne, l'ail qui s'affirme.

Du salon, madame Cissé lui parle.

Qu'est-ce que vous dites madame Cissé.

La recette que je vous ai apprise ma petite Awa vous vous rappelez. La coriandre et le miel au dernier moment.

La voix de la patronne est enjouée, elle aime Awa, elle voudrait qu'Awa soit joyeuse aussi ce soir, et qu'elle ait ce désir suffit à l'exaucer un peu, car Awa en est touchée, elle sourit, elle pense qu'elle aime madame Cissé, au moins autant que madame Cissé l'aime.

Cela sort tout seul de sa bouche.

D'un coup.

Mon frère a un cancer madame Cissé.

Madame Cissé s'est approchée.

Elle prend Awa dans ses bras.

Reste derrière elle à la tenir dans ses bras sans rien dire.

On a trouvé un cancer à mon petit frère Boubacar. Il va partir à Dakar.

Les bras de madame Cissé la serrent, la serrent doucement.

Par les persiennes Awa peut voir le feuillage du manguier qui bruisse doucement dans le vent. Les mangues qui pendent aux branches. Encore compactes. Vertes. Beaucoup trop vertes.

Dans la poêle les crevettes sentent bon. Elles sont toutes roses maintenant. Awa en aurait presque faim.

LA BAIGNOIRE

Elle ferme le robinet. D'un coup c'est le silence. Le bouillonnement cesse. Sous la nappe de mousse l'eau s'immobilise. Seules les bulles savonneuses continuent de vivre, crépitant, craquant. Par moments une grappe entière éclate, un trou se creuse. L'eau chaude affleure. La mousse reflue, lui dit de se hâter.

Elle fait glisser ses vêtements sur le sol. Passe une jambe par-dessus le rebord en faïence. Passe l'autre. Reçoit le choc de la rencontre avec le liquide brûlant. Elle attend que le bas de ses jambes s'habitue. Puis elle prend son souffle et s'assoit dans l'eau, la regarde monter autour d'elle, flirter dangereusement avec la limite du déversoir. Elle encaisse la brûlure, laisse le liquide envelopper tout son corps, mordre doucement sa peau, s'emparer d'elle tout entière, la tenir.

Elle tend les jambes pour que ses genoux aussi descendent, absorbent la température délibérément trop élevée, réglée pour toucher à la perfection d'ici cinq minutes, quand le bain aura perdu un ou deux degrés.

Elle attend sans bouger que ses jambes se soient bien chargées de toute la chaleur possible. Puis elle ramasse les genoux contre ses seins et c'est tout son corps qui glisse vers le fond, se noie lentement, ses épaules, sa nuque, bientôt tout l'arrière de son crâne, avec ses cheveux qui paisiblement s'étoilent.

Elle regarde les lauriers roses de l'autre côté de la vitre. Descend encore dans l'eau. Plonge tout son visage dedans. Reste en apnée sous la surface. Laisse la chaleur lui masser les tempes, lui laver les yeux et tout le visage, lui envahir les oreilles, les narines, la bouche.

Cela dure trente secondes. Cela dure une minute. Elle voudrait que jamais ça ne finisse, elle se sent bien sous l'eau, il lui semble qu'elle pourrait y rester toujours, elle ne se savait pas ce talent pour l'apnée, ni une cage thoracique d'un tel volume, des réserves d'air si considérables.

Elle refait surface, se radosse à la paroi. Reste à fixer le galet de savon vert pâle posé dans la petite coupelle grise. Les dernières alvéoles de mousse qui à l'autre bout du bain surnagent.

Elle incline la tête en arrière, pose la nuque sur le rebord de la baignoire, reste longtemps immobile, à regarder les spots du plafond allumés malgré le grand jour, les rayons de soleil qui entrent par la fenêtre.

Elle pense aux deux heures qui lui restent avant de s'en retourner vers la gare. Elle pense à chaque minute, chaque seconde de ces deux heures qui lui appartiennent et qui d'un coup lui semblent vastes, inattendues, rares. Elle pense à la balade qu'elle va faire jusqu'au port, au dernier café qu'elle prendra en terrasse, au criaillement des mouettes qui voleront dans le ciel au-dessus d'elle et qu'elle regardera se disputer près des poubelles les restes d'un pilon de poulet, d'une boîte de sardines, d'un quignon de pain.

Elle se lève, s'arrache au liquide. L'eau ruisselle, flue et reflue contre les bords en faïence.

Le niveau a baissé de moitié. La mousse a disparu. Les particules de savon tourbillonnent, retombent. D'infimes gouttelettes huileuses dérivent à la surface. Des cheveux se tordent, attirés par l'aspiration de la bonde ouverte. Le volume est légèrement trouble, chargé de poussières grasses invisibles à l'œil nu, de corpuscules en suspension qui l'opacifient.

Dans la pièce d'à côté elle s'habille, achève de ranger ses affaires, ferme son sac. Elle jette un dernier œil à la salle de bains pour s'assurer qu'elle n'a rien oublié. Puis la porte claque et tout reste immobile : les draps défaits, la bouteille d'eau vide sur la table de nuit, les dépliants touristiques à peine feuilletés. Le fond de la baignoire émet un dernier bruit de succion. Et le silence définitivement revient.

L'ÎLE

Pendant une semaine elle est restée seule avec les filles – il avait du travail et elle l'a devancé sur la route des vacances. Maintenant il est là. Arrivé par le bateau de 17 heures. La mer est agitée, le vent d'avril soulève des embruns qui vous fouettent le visage.

Le temps breton comme on l'aime, elle a souri en l'accueillant.

Il a embrassé les filles, l'a embrassée elle. Ils se sont mis tous les quatre en route vers la petite maison que lui prête pour Pâques sa grand-mère, de l'autre côté de l'île, et tout allait bien, un début de vacances familier, sans heurt. Ils espéraient avoir le temps de profiter un peu de la lumière sur la terrasse. Boire un verre devant les dernières lueurs sur les champs. Il était joyeux. Avait cette excitation toujours un peu effrayante, de chien fou.

Et puis ils ont traîné. Joué avec les filles. Tardé à les coucher.

Maintenant il est 10 heures passées. Dehors tout est

noir, le vent souffle, on l'entend qui s'engouffre par rafales dans le conduit de la cheminée.

Je ne sais pas ce qui m'arrive je suis épuisée.

Elle dit ça sans y penser, comme à elle-même. Elle le dit tout haut. Des mots qui lui échappent. Qu'elle laisse échapper. Plus ou moins volontairement.

Plutôt involontairement : à peine les mots dits, elle les regrette, elle sent qu'il se raidit, comme il se raidit toujours les fois où elle dit ça.

Pas tout à fait involontairement non plus : je suis épuisée, elle le souffle juste assez haut pour qu'il entende, et en disant cela elle ramasse au pied du canapé un de ces magazines de déco qu'il déteste, qu'il a longtemps détestés en tout cas – avec le temps il faut reconnaître qu'il s'est assoupli, ou ramolli, au fond elle ne sait pas si elle s'en réjouit tant que ça.

Maintenant elle attend. Guette la riposte.

Fatiguée de quoi.

Elle sait d'avance les mots qu'il va dire.

Fatiguée de quoi tu m'as dit que tu avais dormi onze heures.

Mais non. Il se retient. Se contente de s'asseoir sur une chaise à côté du canapé, d'attraper lui aussi un livre, de se plonger dedans, imperturbable.

Les filles à l'étage dorment, ils sont seuls tous les deux en bas.

Il se tait. Elle sait ce qu'il pense.

Est-ce que les filles avaient besoin d'une histoire de quarante minutes.

Est-ce qu'une histoire de quarante minutes était franchement indispensable au bon sommeil des filles.

Il y a deux heures encore il était enjoué, léger, charmant. Maintenant il est ce roc. Ce bloc taiseux, indéplaçable, hostile.

Tu n'es pas fatigué par le voyage.

Ses mots résonnent dans la pièce, elle peut les entendre qui volent comme des chauves-souris entre les murs, font flap flap dans le silence, velus, énormes.

Il lève une seconde les yeux de son livre. Les laisse retomber sur la page.

Franchement non.

Un non ferme, sans appel.

Pas fatigué du tout.

Il pose son livre et se lève, comme s'il voulait prouver son énergie. Parcourt du regard la tranche des volumes posés sur l'étagère.

T'as envie qu'on fasse quoi.

Il reste plusieurs secondes sans répondre, continue de regarder les livres sur l'étagère.

Toi tu veux qu'on fasse quoi.

Elle hausse les épaules.

Ça m'est égal tout me va.

Il s'agace : dis.

Elle le regarde, froncé, hostile. Venu jeter toute cette noirceur au milieu de ses vacances. Elle songe combien tout était plus simple avant qu'il arrive.

Dis c'est toujours moi qui choisis.

Elle n'a pas envie de choisir. Elle n'a envie de rien.

Tu veux qu'on regarde un film.

Il secoue la tête.

Tu veux qu'on fasse l'amour.

Elle le dit avec un peu d'hésitation. Elle prend le risque. Il ricane.

Présenté comme ça j'en meurs d'envie.

Elle le déteste.

Tu veux ou pas.

Il rit d'un rire vache.

On dirait que tu me proposes d'aller faire les courses.

Va te faire foutre.

Ils sont là tous les deux, à quelques mètres seulement l'un de l'autre. Pendant la semaine elle a rêvé plusieurs fois qu'ils faisaient l'amour. Elle le lui a dit au téléphone. Maintenant ils sont l'un en face de l'autre. Et les deux mètres qui les séparent sont un gouffre.

Elle essaie de tendre la main. Encore. C'est toujours elle qui tend la main.

On est fatigués.

Pas moi.

Toi aussi t'es crevé ça se voit.

Je te dis que non.

Elle le regarde. Fermé. Dur. Serré dans un col roulé qui lui va mal.

L'été il serait en tee-shirt, il aurait la peau bronzée, le visage hâlé. L'été il ne serait pas debout comme ça, engoncé dans ses vêtements, à se donner une contenance en regardant les livres sur l'étagère. Il s'affalerait torse nu sur le canapé. Viendrait s'allonger contre elle, la nuque sur ses cuisses, la bouche réclamant qu'elle l'embrasse. Ce n'est pas l'été : il porte un col roulé.

C'est par la gorge qu'on prend froid.

Cette phrase qu'il répète chaque fois qu'une des filles tombe malade.

Couvre-toi le cou tu vas encore attraper une angine.

Cette phrase qu'elle ne peut plus entendre, où il lui semble que sommeille tout un rapport à la vie, au dehors. Une prudence généralisée qui l'exaspère.

Ils se taisent.

Ce qu'il aurait voulu elle le sait : que sitôt les filles couchées ils fassent l'amour, se renversent, se goûtent avec la même faim que souvent lorsqu'ils se retrouvent. Ne tournant jamais longtemps autour du pot. Prenant à peine le temps de se raconter la semaine écoulée. Chacun fermant avec un sourire la bouche de l'autre. Lui mettant le doigt sur les lèvres en disant on s'en fout. On s'en fout tu me raconteras après. Embrassant tendrement les filles au fond de leur lit. Les bordant d'une voix tendre mais ferme. Bonne nuit mon amour. Bonne nuit ma chérie fais de beaux rêves je t'aime je t'aime je t'aime. Des bonsoirs dits de la voix la plus impérieuse du monde, la plus rassurante aussi – la plus rassurante parce que la plus impérieuse. Des couchers imparables, invariablement réussis. Toute velléité de résistance sur-le-champ anéantie. Toute possibilité de négociation balayée. Bonne nuit mes anges et sitôt la porte refermée tous les deux s'enlaçant, se mangeant.

Mais les filles sont couchées et ils ne se mangent pas.

Tu ne me dis rien de ta semaine, tu ne me racontes rien. Tu étais où je ne sais même plus.

À Berck-sur-Mer.

À Berck pour quoi faire déjà.

Un colloque sur la flore de la baie de Somme.

Pendant cinq jours.

Elle sourit doucement.

Et on aurait pu continuer longtemps.

Elle attend.

Elle voudrait qu'il parle. Qu'il bouge. Qu'il arrête d'être ce bloc de silence en face d'elle.

Est-ce que tu es content d'être venu nous rejoindre.

Elle le lui demande en face.

Est-ce que tu es content d'être avec nous.

Il dit oui. Un oui qui lui coûte. Un oui qu'il répète avec effort, et elle entend que le deuxième oui est plus sincère que le premier, sonne un tout petit peu plus juste, plus vrai, comme si d'un oui à l'autre il avait insensiblement cheminé, s'était laissé traverser par la tristesse de n'être pas plus joyeux, essayait presque de s'en excuser.

De nouveau elle attend. De nouveau il se tait.

Qu'est-ce qui nous arrive.

Qu'est-ce qu'on a tous les deux ce soir.

Il se tait.

On est tous les deux crevés, elle répète machinalement, et à l'instant où elle s'entend dire le mot crevés elle se mord les lèvres, elle sait que tout est à nouveau foutu. Les mâchoires en face se crispent.

Pas moi je te dis.

Cette fois c'est elle qui est à bout.

Elle ouvre le canapé-lit. Elle déplie le matelas sans plus dire un mot.

Qu'est-ce que tu fais.

Je me couche.

Il est 10 heures.

Je m'en fous je me couche.

Elle rajuste le drap-housse, attrape dans le placard une vieille couverture, la dépose sur le lit, marche sans plus se retourner jusqu'à la salle de bains.

Quand elle revient il est toujours debout près de l'étagère.

Je suis désolé.

Sois désolé.

Je te demande pardon.

D'accord.

Il est 10 heures on va quand même pas se coucher déjà.

Moi je me couche. Je te le dis depuis le début, que je suis crevée.

Elle s'allonge tout habillée. Se glisse sous la couverture sans même ôter son jean. Se pelotonne contre le mur.

Elle écoute. Guette dans son dos les bruits. Suit les pas qui hésitent, restent d'abord immobiles, puis vont fermer la porte d'entrée, éteindre les lumières. Reviennent enfin vers le lit pour la rejoindre.

Elle entend le froissement des vêtements ôtés, la boucle de la ceinture qui tombe sur le tapis. Elle sent la couverture qui se soulève, la masse du corps qui vient tout d'un coup faire craquer de toutes parts la petite grotte qu'elle s'était construite, l'envahir, la démanteler du seul fait de son intrusion, de son volume.

Je suis désolé, il dit tout proche à présent.

Elle entend que c'est sincère mais elle s'en fout qu'il soit désolé. C'est facile d'être désolé.

Dormons, elle dit en guise de pardon. Dormons ça ira mieux demain.

Il s'approche. Vient se coller contre elle.

Je suis désolé, il répète.

Elle le sent derrière elle à travers son jean. Elle sait comment ils sortent presque chaque fois de ces situations. Comme si cela devait conjurer la tristesse. Réparer la peine.

Elle sent son sexe qui durcit, qui se frotte un peu contre elle, qui essaie de l'exciter.

Elle ne bouge pas.

Elle sent ses mains qui la cherchent, qui veulent la caresser.

Elle se recroqueville, serre les cuisses.

J'ai envie de toi, il dit.

Elle secoue la tête.

C'est pas vrai on n'a pas envie. Ni toi ni moi.

Si. Moi j'ai envie.

C'est pas ça avoir envie.

Si.

Elle laisse passer un temps.

Alors vas-y.

Il reste sans bouger.

Vas-y je te dis.

Il refuse.

J'ai envie que tu aies envie aussi.

Elle s'agace, déboutonne son jean, l'enlève avec sa culotte, fait glisser le tout à ses chevilles, le jette au pied du canapé. Se rallonge dans le lit, nue à présent, fesses tournées vers lui.

Vas-y je te dis.

Pendant trente secondes ils se taisent.

Elle l'entend qui respire. Qui se demande que faire.

Elle sent ses mains qui reviennent à l'assaut. Ses mains qui veulent prendre leur temps, la caresser d'abord.

Elle se retourne d'un bloc.

J'ai pas envie que tu me caresses j'ai envie que tu me prennes.

De nouveau ils restent immobiles.

Elle le sent qui s'approche à nouveau dans son dos.

Elle sent son sexe qui entre un peu en elle. Qui entre davantage.

Il voudrait de la douceur mais elle n'a pas envie de douceur.

Plus fort, elle s'entend dire.

Il la pénètre, bouge en elle.

Plus fort nom de dieu.

Il accélère.

C'est un mouvement mécanique, brutal.

Elle n'a pas de plaisir. Ne veut pas en avoir.

Tout ce qu'elle veut c'est qu'il jouisse vite.

Elle le sent dans son dos qui se retient, qui refuse d'aller au bout ainsi, qui espère encore qu'elle va changer d'humeur.

Elle se retourne et lui crie presque :

Arrête maintenant de te retenir. Arrête tu m'entends.

Les coups de reins se font plus amples. Plus brusques.

Il ne l'a jamais prise ainsi, si pauvrement, si tristement.

Elle sent son corps à lui qui se délie, ses muscles qui lâchent, tout son être qui s'abandonne, se vide, elle sait qu'il a fini, elle se relâche à son tour, les mouvements dans son dos s'amplifient encore, elle est surprise, ils durent plus longtemps que prévu, elle pensait qu'il s'arrêterait tout de suite mais non, il continue quelques secondes encore.

Il s'est immobilisé. Il se recroqueville contre elle.

Ils ont les jambes emmêlées. Sont comme de petits chiens pelotonnés, emboîtés l'un dans l'autre.

Tu pleures.

Il ne répond pas.

Elle se retourne.

Elle voit ses yeux rouges.

Elle l'embrasse.

Cette nuit-là il pleut. Les murs de la maison sont épais, d'habitude ils ne laissent presque rien filtrer des bourrasques au-dehors.

Mais cette nuit-là elle entend. Elle se réveille. Elle devine qu'il tombe des seaux. Que dehors c'est l'orage. Elle reste longtemps les yeux ouverts dans le noir, à écouter le vent qui mugit dans la cheminée. À imaginer les nuages qui passent dans la nuit. L'eau qui par rafales fouette les ardoises et les murs.

Elle le regarde qui dort près d'elle. Qui ne saura rien demain de la tempête. N'aura pas même entendu qu'un orage leur passait dessus.

Elle regarde la lourde masse de son corps allongée près d'elle. Ce corps qu'elle a maudit hier soir puis qu'elle a laissé jouir dans le sien, comme il a déjà joui mille fois en elle. Ce corps que demain elle verra de nouveau debout, de nouveau vivant, animé, léger ou lourd selon les moments, capable tantôt de lui plaire, tantôt de l'agacer si fort. Ce corps avec lequel elle a décidé, il y a des années, jusqu'à nouvel ordre, de composer.

Elle se serre contre lui.

Elle dort.

Interminablement elle dort.

À son réveil il est midi.

Pas possible : midi.

C'était donc vrai qu'elle était fatiguée.

Elle saute du lit, se précipite vers la terrasse.

Dehors le ciel est blanc. La terrasse jonchée de feuilles arrachées par l'orage. L'eau a laissé çà et là des flaques. Les ardoises brillent. Les filles bullent dans des chaises longues, un livre dans les mains. Leur père prépare des cannes pour aller tout à l'heure à la pêche.

Maman regarde ce qu'on a trouvé avec papa, crient les filles en se levant pour lui montrer une boule brune posée sur la table.

Elle tient le nid dans ses mains, examine les brindilles lovées avec minutie, le goulet dessiné avec grâce, la trame serrée, le ventre pansu, profond comme une besace.

Penche-le, demandent les filles.

Mets ta main dessous et penche-le tu vas voir.

Elle regarde à l'intérieur. Aperçoit de fines plumes, un peu de duvet blanc. Elle penche le nid. Un œuf tombe dans sa main. Un petit œuf rose et gris. D'un genre qu'elle n'a jamais vu.

Pas mal hein.

Elle fait oui avec la tête.

Les filles exultent.

Elle les regarde qui replongent dans leurs chaises longues. Regarde le père affairé à ses bas de lignes. Elle voit qu'il la regarde aussi. Elle le sent détendu, apaisé. Aussi impuissant qu'elle à expliquer la soirée de la veille.

Elle met de l'eau à chauffer pour son thé, tire une chaise, s'assoit près de lui.

L'orage a lavé les ardoises et les chemins. Lavé le ciel. Lavé jusqu'à la mer étale au loin. Le regard fend l'air. Devant la maison les champs mouillés brillent.

BALZAC

J'ai rencontré Balzac il y a peut-être quinze ans, à une quarantaine de kilomètres de Paris, dans l'unique café de Meulan-Paradis, à une époque où je m'y rendais pour une raison que je peux bien dire maintenant, tout ce temps après, tout sentiment de culpabilité évanoui, remplacé au contraire par de la curiosité, de l'amusement presque à me rappeler ma présence dans cette petite ville pavillonnaire où rien n'aurait dû me conduire, quelque part entre Mantes-la-Jolie et Conflans-Sainte-Honorine, attiré là seulement par ce nom lu un jour d'humeur badine sur une carte du réseau ferré transilien, LE PARADIS, joint à l'éloignement de la destination (une heure au départ de Saint-Lazare), gage de la discrétion voulue non seulement par moi mais par l'amie avec qui j'allais là, introuvables l'un et l'autre, avions-nous pensé le jour où nous avions décidé d'en faire notre lieu d'échappées clandestines, à bonne distance de nos vies amoureuses respectives que nous avions d'un commun accord choisi de ne pas chambouler, cela dès les premières heures ensemble, si intense fût le désir entre nous, si évidente l'attraction commandant à nos corps de sécher le bureau pour, plusieurs vendredis matins par mois, monter dans un train de banlieue et venir s'enlacer là, loin de tout regard compromettant, vus seulement de pères et de mères de famille inconnus, de collégiens eux-mêmes affairés à fumer en douce, de jardiniers concentrés sur l'entretien de pelouses désertes.

Balzac : c'est sans doute ce nom qui me fit remarquer cet après-midi-là la présence de l'homme à lunettes, assis à une table du fond, un peu en retrait du comptoir où, après une matinée à arpenter les rues, nous venions de nous installer, Maureen et moi, nos demis de bière encore intouchés devant nous, les gouttelettes de condensation intactes sur la paroi glacée des verres, l'onde de curiosité soulevée par notre entrée dans le café encore palpable, l'air saturé de regards masculins braqués vers Maureen dont j'avais très physiquement pu sentir que l'apparition provoquait à toutes les tables un suspens, forçant les conversations à s'interrompre, aimantant mécaniquement les regards, les obligeant à se tourner vers elle pour, le temps de son déplacement jusqu'au comptoir, la déshabiller sans vergogne, caresser ses longues jambes laiteuses d'Anglaise à la peau fine, découvertes jusqu'en haut des cuisses par un short en jean éhontément court, porté avec un sans-gêne qui aux yeux des mâles accoudés là valait à l'évidence autorisation à s'abandonner à tous les fantasmes.

Les conversations avaient lentement repris alentour, j'avais levé mon demi vers celui de Maureen lorsque le barman se tourna vers le fond de la salle.

Balzac je te remets la même chose.

Cela moins comme une question que comme une affirmation, l'anticipation d'une réponse qui ne faisait aucun doute.

Pour autant que je me remémore les traits du Balzac écrivain, je le vois plutôt fort, marqué d'un embonpoint certain, moustachu – sans que je puisse dire pourtant d'où me vient cette image, de quelle sédimentation de gravures ou de photos elle est faite, ni même dans quelle mesure cet embonpoint supposé n'est pas largement la conséquence d'une autre énormité, celle de la *Comédie humaine*, les proportions de l'œuvre inconsciemment transférées à la silhouette de son auteur, la proéminence du livre devenue celle de Balzac lui-même.

Au contraire le Balzac du Paradis était sec, la soixantaine sévère, visage anguleux, lunettes portées au bout du nez, en presbyte qui peine à déchiffrer le journal mais dont les yeux de loin vous cinglent. Il était occupé à lire *Le Parisien* et semblait ne rien remarquer de ce qui se passait autour de lui, n'avoir pas même noté la présence de Maureen ni la mienne. Pour répondre au barman il se contenta d'un mot :

Allez.

Cela dit comme une concession, un accord donné presque à son corps défendant : Allez si tu y tiens. S'il le faut vraiment.

La même chose, c'était en l'occurrence un Picon bière, et je regardai le barman emplir le verre de liquide doré, puis le troubler d'un filet de jus brun, le mélange d'écorces d'agrumes et de racines de gentiane tourbillonnant d'abord en volutes épaisses dans la bière, puis se dispersant, le volume entier fonçant.

Je ne pus me retenir de me pencher vers le barman :

Balzac comme l'écrivain ?

Ce qui me valut un haussement d'épaules.

Comme qui d'autre sinon.

Il me sembla qu'à sa table Balzac entendait ma question, s'en amusait. J'attendis la suite, espérant que le barman m'en dirait davantage. Mais il se tourna vers un autre client pour prendre sa commande, enfourna une dose de café dans le percolateur, lança l'expresso.

Je devais apprendre plus tard l'origine du surnom de Balzac : venu pour la première fois au Paradis quelques années plus tôt, il s'était attablé de bon matin au café avec une liasse de feuilles et ne s'était plus levé jusqu'au soir, ne cessant d'écrire, ne s'interrompant à midi que le temps d'engloutir une blanquette de veau.

Eh ben, lui avait dit le patron. Pour écrire, vous écrivez.

La semaine suivante Balzac était revenu, et celle d'après encore, cela pendant près d'un an. Et puis un beau jour il était arrivé sans feuille ni stylo, simplement avec son journal, s'était assis à sa table habituelle, s'était mis à lire. On ne l'avait plus jamais vu gratter la moindre feuille de papier. Mais pour tous le nom était resté : Balzac.

Ce jour-là je n'osai rien demander de plus. Je me

contentai de lever mon verre en direction de l'inconnu, faisant le geste de porter un toast à sa santé. Il me rendit mon salut avec une politesse mesurée, souriant la stricte fraction de seconde indispensable, reposant aussitôt son verre sur le sous-bock à côté de son journal, sans même avoir bu.

Je continuai de l'épier discrètement. Je vis qu'il regardait Maureen.

Nous restâmes un quart d'heure peut-être à bavarder avec nos voisins de comptoir, ravis de jouer à ce jeu, fermement décidés toutefois à ce qu'il ne retarde pas excessivement le moment de monter dans la petite chambre réservée à l'Hôtel de la Butte, quelques numéros plus loin.

Au Paradis nous avions entendu dire qu'habitait un célèbre judoka, triple champion du monde autrefois. Par la porte ouverte du café, on nous montra le mur d'enceinte de sa villa, une muraille haute de trois mètres, longue de cent. On nous raconta ses sept quads, ses trois bergers allemands, son parcours d'accrobranche dissimulé dans la hêtraie, ses sorties à moto cagoulé de noir pour garder l'incognito – comme si un seul habitant du Paradis ignorait que cette silhouette de cent vingt kilos juchée sur une cylindrée de mille deux cents centimètres cubes fût la sienne.

Nous allions repartir lorsque j'eus la surprise d'entendre Balzac m'interpeller.

Et le panorama, demanda-t-il d'un air soudain enjoué. Est-ce que vous lui avez montré le panorama.

J'eus une seconde d'arrêt, le temps de m'assurer que c'était bien à moi qu'il parlait, que ce *lui* auquel il faisait référence était bien Maureen – bref que Balzac était bien en train de me donner un conseil, se posant tout d'un coup, sans qu'aucune intimité préalable entre nous laisse prévoir cette intrusion, en complice, c'est-à-dire aussi en rival, prenant mentalement ma place, s'imaginant lui-même avec Maureen, en train de se promener dans ces rues.

Non nous n'avons pas vu le panorama, répondis-je courtoisement.

Et je demandai à quel panorama il faisait allusion.

Le panorama. Il faut absolument que vous voyiez le panorama. La vue sur la Seine, Les Mureaux, l'usine de Flins au loin.

L'usine de Flins, dit Maureen. La fameuse usine de Flins.

Aussitôt Balzac fut debout. C'est tout juste s'il ne prit pas Maureen par le bras en passant devant nous.

Venez. Venez je vous y emmène tout de suite.

Maureen ne put se retenir de rire, de son rire sonore, exubérant, qui m'avait ravi dès la première heure – un rire fabuleusement sexuel, avais-je aussitôt pensé.

Il faut redire dans quel état nous étions tous deux : une sorte de griserie, d'euphorie douce, mélange d'excitation et de parfait sentiment d'impunité, comme si rien ne pouvait nous arriver à cet endroit, le Paradis entier complice, les terrains de foot même amis, la forêt de hêtres poussée partout alentour exprès pour nous protéger. Qui aurait pu venir nous trouver là ? Qui d'autre avoir l'idée d'y venir ?

Je sais maintenant que nous avions tort. Qu'on n'est jamais seul à avoir une idée. Que le nom du Paradis, quoique dissimulé parmi de nombreux autres sur la carte du réseau ferré transilien, n'était pas caché au point que d'autres fraudeurs comme nous ne le voient.

Ce jour-là nous suivîmes Balzac de bon cœur. Plus exactement : je suivis Balzac et Maureen, qui très vite se mirent à marcher devant, Balzac faisant la conversation à Maureen sans plus se soucier de moi, sans même prendre la peine de seulement se tourner par politesse vers moi de temps à autre. J'imagine qu'il y a, en présence d'un couple qui se cache, trois attitudes possibles. Ne rien voir, malgré ce qu'a toujours de criant l'attraction empêchée de deux corps, le désir d'autant plus vif que vécu dans la retenue, habitué à la clandestinité, grandi en secret. Voir et préférer n'en rien montrer, rester discret, faire comme si on n'avait rien vu. Voir enfin et montrer qu'on a compris, que les amoureux peuvent se détendre, se sentir à l'aise, compter sur notre discrétion.

Balzac, lui, était au-delà de ce troisième stade : à l'évidence il avait vu – cela à la seconde même où nous étions entrés dans le café. Mais il se foutait royalement que nous nous sentions à l'aise ou pas. C'était comme si, de sa découverte, il avait tout de suite vu le parti qu'il pouvait tirer *pour lui*. Comme si d'être dans la confidence lui donnait des droits, l'autorisait à revendiquer un minimum de contreparties – parrain qui ne voit pas pourquoi il ne se paierait pas un peu au passage.

Nous arrivâmes au bout d'une petite rue qui s'achevait sur un terre-plein mangé d'herbes. Balzac s'avança sur la pelouse mal entretenue, marcha jusqu'à un banc à la peinture blanche écaillée, tendit le doigt pour nous montrer la vue par-dessus les massifs de ronces bordant le vide. Nous restâmes silencieux tous les trois, à regarder le ruban de la Seine en contrebas, les barres d'immeubles des Mureaux sur la rive d'en face, les hangars de l'usine. J'articulai probablement quelque chose pour le remercier, lui dire que c'était formidable, que nous lui étions reconnaissants de nous avoir amenés là.

Puis il y eut un nouveau silence, que ni Maureen ni moi ne voulûmes rompre.

Balzac n'était pas stupide. Il annonça qu'il rentrait chez lui et nous laissait à notre promenade. Nous le regardâmes s'en aller, silhouette sèche parmi les arbres et les fourrés exubérants.

Plusieurs années passèrent. Maureen et moi cessâmes de nous voir, tristes l'un et l'autre de constater le reflux de l'attirance entre nous, impuissants à rien y faire, pire que cela, incapables de trouver en nous l'énergie de désirer seulement lutter contre cette érosion.

Un jour je tombai par hasard sur un article qui annonçait la vente du château d'Hardricourt, ex-résidence de l'empereur Jean-Bedel Bokassa, à deux pas de Meulan-

Paradis. Nostalgie ? Prescience que quelque chose m'attendait là-bas ? Le lendemain je posai ma journée et filai gare Saint-Lazare.

Dans le train je notai un détail qui ne m'avait jamais frappé autrefois, peut-être du fait de la présence de Maureen : le nombre de dormeurs. Hommes ensommeillés, bouche ouverte, visage abandonné contre la vitre du train, qui donnaient l'impression d'avoir lâché prise, cessé de vouloir être des hommes, accepté sous l'effet d'un puissant philtre de redevenir vulnérables comme des enfants.

Arrivé à destination, je gravis la passerelle enjambant les voies. D'en haut j'embrassai la vue : la végétation me parut plus luxuriante qu'alors, le chant des oiseaux plus sonore. Je longeai la clôture du judoka aux trois bergers allemands et aux sept quads, m'attaquai à l'ascension de la butte. Grimpé tout en haut je restai plusieurs minutes à regarder les rues familières, les terrains de foot toujours aussi déserts, les rues aussi vides. Je réalisai ce qui alors déjà devait jouer dans notre euphorie. Le silence. La paix. Le loisir laissé de tous côtés au regard de glisser vers le feuillage lointain des hêtres pour s'y perdre.

En arrivant au belvédère je constatai qu'un second banc avait été placé devant le panorama. Les ronces étaient moins hautes, l'horizon plus dégagé. Surtout les deux bancs étaient occupés. Deux couples s'y serraient. Je m'approchai du vide, regardai la Seine comme nous l'avions fait quelques années plus tôt avec Balzac. En écoutant les amoureux dans mon dos je ne pus m'empêcher de sourire : eux aussi étaient là en fraude.

Plus loin je croisai deux hommes en pleine promenade, plus âgés ceux-là, qui se tenaient la main comme si chaque seconde ensemble leur était comptée. Et plus loin encore un autre couple, d'adolescents cette fois, tout jeunes encore, assis sur la pelouse, leurs sacs de lycéens jetés près d'eux dans l'herbe.

Autant que le nombre de ces amoureux singuliers, c'était l'expression de leurs visages qui me frappait, leur insouciance au monde alentour, leur parfaite inconscience d'être vus.

Je repensai à Maureen et moi sept ans plus tôt, me demandai si alors déjà le Paradis attirait autant de couples comme le nôtre. Si c'était le fait d'être avec Maureen qui m'avait empêché de les remarquer.

Enfin j'arrivai dans la rue principale. Le café n'avait pas changé, la devanture toujours bardée d'autocollants aussi défraîchis. J'entrai. Balzac y était, assis à sa table. Je lus dans ses yeux qu'il me reconnaissait, que toute la scène de la marche avec Maureen vers le panorama lui revenait intacte. Il me fit signe de venir m'asseoir avec lui, commanda deux Picon bière. Nous bûmes. Sans que j'aie besoin de lui poser la moindre question, il me raconta qu'il était venu au Paradis pendant des années avec une femme dont il était fou. Puis la femme était partie, sa vie avait repris son cours, avec les responsabilités qui étaient les siennes, paternité de trois enfants, gestion d'une entreprise de fabrication de composants électroniques qui allait se développant à toute allure. Des années étaient passées. Un jour il s'était proposé d'écrire un roman, une vieille idée qui lui trottait dans la tête depuis des années, à partir des carnets d'Indochine d'un oncle ayant combattu à Diên Biên Phu. Il avait repensé au Paradis. Pendant un an il était venu un jour par semaine travailler à cette table, écrivant des centaines de pages, bouclant le livre plus vite encore qu'espéré. Et puis sa vie professionnelle n'avait cessé de s'intensifier, la taille de son entreprise de croître. À présent il avait la charge de trois mille employés, dans quatre pays.

Plus qu'à Flins, souffla-t-il d'une voix triste, comme si ce succès ne compensait en aucun cas le chagrin de voir l'usine n'employer plus que deux mille cinq cents ouvriers aujourd'hui.

Je le regardai, vêtu de la même polaire étroite que sept ans plus tôt, lunettes toujours aussi sévères, le journal seul différent entre ses doigts, plusieurs milliers d'exemplaires du *Parisien* passés dans ses mains depuis la fois précédente.

Autrefois je venais là pour flirter, pour écrire, pour faire tout ce que ma vie ne me permettait pas de faire. Maintenant je viens simplement pour respirer. Ne rien faire, justement.

Il me montra les deux téléphones éteints près de lui.

Le pire c'est qu'il ne se passe rien. Qu'on ne rate rien d'indispensable, jamais. Au début j'avais toujours peur qu'on me cherche, qu'on s'inquiète, que mon absence nuise à des arbitrages, retarde des décisions. Maintenant je sais qu'il n'en est rien. Ce que je n'ai pas tranché dans la journée, je le tranche le soir. En quelques minutes, au lieu de plusieurs heures. Qu'arrive-t-il de si important, au cours d'une journée, qu'il soit trop tard le soir pour y faire face ?

Il souleva son verre de Picon avec un sourire et en but la dernière gorgée.

Le comble c'est qu'ils ne le voient pas. Depuis huit ans maintenant je viens là chaque vendredi et personne encore ne s'en est aperçu. Pas même mon assistant. Pas même mes collaborateurs les plus proches. Je savoure ici chaque seconde, goûte les heures comme si j'avais l'éternité devant moi, et c'est comme si là-bas pendant ce temps la journée n'avait pas existé, à mon retour je replonge très exactement dans le temps que j'ai laissé, à la place que j'y occupais le matin, plus calme seulement quant à moi, l'esprit plus vif. Je bois au Temps, cher ami. Au temps et à son élasticité. À ses galeries secrètes et ses doubles-fonds sans lesquels on pourrait tout de même vivre bien sûr – mais pas si bien.

Plusieurs années passèrent encore. Je tombai amoureux, eus des enfants, m'en allai vivre en famille dans une petite ville du Sud où un nouveau travail appelait ma compagne. Arrivés sur place nous visitâmes une maison qui nous plut immédiatement, non loin du centre, avec à l'arrière un petit jardin où poussaient des roses blanches. Ce ne fut qu'au moment de signer le bail, la plus jeune de mes filles jouant dans mes jambes, que je lus vraiment l'adresse qui allait devenir la nôtre : rue Balzac. Je sentis un frémissement me parcourir. Revis pêle-mêle Maureen serrée contre moi, les terrains de foot déserts, la forêt de hêtres et bien sûr Balzac. Balzac et son verre levé, son toast au Temps et à ses chemins secrets. Je dissimulai mon trouble et signai le contrat. Nous bûmes une bière avec le propriétaire. Puis il partit. J'allai m'asseoir dans le jardin. Le sang me battit quelques minutes encore aux tempes. Et puis tout se calma. Je respirai l'air, savourai le calme de l'endroit. Un *bon endroit*, me dis-je en repensant à Balzac et à ses escapades hors du temps. Et je levai ma bière à sa santé.

L'APPARTEMENT

La vente a lieu dans une heure et ni A. ni lui n'ont le projet de la dénoncer in extremis.

Il tourne la clé dans la serrure, attire un peu la porte à lui pour s'aider. Il sait le geste par cœur. Il l'a fait mille fois. Dix mille fois. Son poignet pivote. La porte cède. L'acoustique change. Il sait par cœur le brusque effet de sourdine, sitôt la porte refermée. Les sons d'un coup amortis. Le monde extérieur rejeté derrière un mur d'ouate. Les bruits de l'immeuble qui continuent d'arriver à ses oreilles, mais filtrés à présent. La déflagration d'une porte claquée qui se propage par le conduit de la cheminée. Une voix d'homme en colère à l'étage du dessous. La sirène d'une voiture de police qui déboule cinq étages plus bas, sur le boulevard, et pour arriver jusqu'à lui doit vaincre la résistance du double vitrage.

Pour la dernière fois il est chez lui. Dans l'appartement où il a vécu pendant dix ans, où il a continué de venir séjourner de nombreuses fois les dix années suivantes, même s'il n'habitait plus Paris. Cet appartement qui est sans aucun doute, à bien y réfléchir, le lieu où il a vécu le plus d'heures cumulées depuis sa naissance. Probablement les trente-huit mètres carrés de croûte terrestre, si l'on peut dire (il se trouve au cinquième étage, et il n'est pas certain que même les caves de l'immeuble soient véritablement creusées dans la terre – la vraie terre ne se trouve-t-elle pas beaucoup plus profond encore, loin en dessous de la rue, en deçà du métro et des égouts), en tout cas les trente-huit mètres carrés de plancher qu'il connaît le mieux. Sans conteste le morceau de monde qu'au cours de sa vie il a le plus arpenté, reconnu, *pratiqué*.

Il regarde sa montre. Il lui reste moins de vingt minutes. Le rendez-vous est confirmé, les papiers en ordre. Dans une heure ils seront tous ensemble devant les actes à signer, la vente sera conclue, il remettra définitivement les trois jeux de clés aux acheteurs, un couple à peine plus âgé qu'A. et lui l'étaient il y a vingt ans. Un couple qui accourra probablement sitôt les trousseaux récupérés et dans moins de deux heures se tiendra là, entre ces murs, au milieu de cet appartement devenu le sien, y réunira dès ce soir des amis dans ce salon, devant ces fenêtres.

Il marche jusqu'à l'étroite cuisine, dépose ses clés sur le plan de travail blanc. Les lames de métal font sur le panneau mélaminé exactement le bruit qu'il a anticipé. On pourrait en dire autant de chaque surface alentour, de chaque centimètre carré de matière avec lequel il déciderait d'entrer en contact autour de lui. Il sait quelles lattes du parquet grincent, quelles autres au contraire sont fermes et vous soutiennent sans broncher. Il sait le bip précis que ferait l'horloge déréglée du four s'il s'avisait d'en enfoncer les touches vieillies pour la remettre à l'heure.

C'est entre ces murs qu'il a passé la moitié de sa vie. Entre ces murs que tout son être a encaissé le doublement de son âge depuis ses vingt ans. Entre ces murs, pour l'essentiel, que cela s'est passé : le vieillissement de son corps et sans doute de ses pensées.

Il pense à ce mot : mûrir. À sa merveilleuse faculté de charger l'âge de promesses et de bienfaits. Il a mûri, si on veut. Mûri comme un fruit : il veut bien souscrire à cette image. Un fruit déposé là, entre ces murs. Exposé semaine après semaine à la lumière entrée par les fenêtres. Un fruit abandonné aux salves de photons et jour après jour défraîchi, usé, fané, ridé, ratatiné – il ne l'est pas encore tout à fait mais c'est indéniablement dans ce sens que vont les choses, bientôt il faudra regarder la vérité en face : il sera vieux.

Il refait à tout hasard le tour des placards, trouve sous l'évier de vieux produits d'entretien qu'A. et lui ont oublié de jeter. Dans la chambre il regarde les étagères qu'il a lui-même posées. Il se revoit en train de percer le mur pourri au-dedans, le bois sous la peinture depuis longtemps réduit en poussière. Il revoit les livres rangés pendant toutes ces années sur les rayonnages, remisés la semaine dernière seulement, fourrés dans des cartons à la hâte.

Des trente-huit mètres carrés que comptent les deux pièces, il n'est pas un recoin qu'A. et lui n'aient façonné de leurs mains, découpé, vissé, assemblé, enduit, peint. S'il regarde l'angle de ce mur, il peut se revoir avec D. en train de poser la poutre qui se cache sous l'enduit et la peinture – une poutre jaune, placée verticalement, il se rappelle le magasin précis où il l'a achetée. S'il regarde les cloisons il peut dire où passent les gaines électriques – c'est lui qui a creusé les saignées pour les encastrer. S'il regarde le plafond il peut revoir A. debout sur son escabeau jusqu'à minuit, rouleau de peinture à la main, tenue de travail et visage constellés d'éclats blancs. S'il regarde le parquet à ses pieds il peut dire pour quelle raison très simple les lattes sont plus foncées à cet endroit qu'ailleurs : il peut décrire l'absurde salle de bains qui se dressait là et dont il a dès le premier jour défoncé lui-même à la masse les parois, les faisant voler en éclats, il pensait y passer la journée mais en une demi-heure tout était en miettes, c'est toujours ainsi quand on casse, ça va très vite, c'en est vertigineux – tout le temps qu'il faut pour construire et comme détruire est simple.

Il est debout dans le salon, la pièce qu'il a toujours préférée, la plus grande, la plus belle. Il regarde les rideaux immobiles. Le ciel immobile.

Dehors c'est une belle journée d'été, plus ou moins la même que la première fois où ils sont entrés là et ont vu le soleil qui s'engouffrait à flots par les fenêtres. En vingt ans le quartier a changé : les boucheries, les revendeurs de portables bon marché et les taxiphones ont cédé la place à une abondance de bars presque inégalée dans la ville. Le soir les terrasses sont prises d'assaut jusqu'à 2 ou 3 heures du matin. Il faut des cordons pour contenir sur le trottoir la foule des buveurs de bière. C'est devenu branché, sans tout à fait cesser d'être pauvre : les salons de coiffure afro sont toujours là, à cinquante mètres à peine, sur le boulevard. Deux selfs spécialisés dans le poulet frit viennent d'ouvrir en face, à deux pas d'un vendeur de crêpes tout neuf lui aussi, avec enseigne lumineuse criarde et noctambules qui le soir tard viennent s'en jeter une au fond du ventre – la crêpe de fin de soirée, quand tout le reste est fermé, quand il n'y a plus que ça pour se caler un minimum l'estomac, deux cents grammes d'emmenthal fondu et de mauvais jambon faits pour ça, littéralement tomber dans le ventre, se laisser avaler et la seconde d'après être au fond, prendre les dimensions de l'estomac, en épouser la forme exacte, le parfait aliment-plomb, coupe-faim jusqu'au matin, si nombreuses soient les pintes absorbées depuis l'apéro.

Pour le reste le quartier est toujours le quartier. Le café du coin toujours le café du coin.

Paris change, mais ce qui a le plus changé en vingt ans, ce qui, relativement à son espérance de vie propre, s'est le plus consumé, c'est incontestablement lui.

Il va pisser, tant qu'à y être. L'occasion de dire au revoir à la salle de bains. Cette minuscule salle de bains qu'ils avaient voulue réduite au strict nécessaire, pour rogner le moins possible sur le salon. Dernier jet sur la cuvette – une belle cuvette, ils avaient bien choisi. Belle cuvette et beaux carreaux turquoise aux murs, beau lavabo, élégant, discret, dans lequel il se lave machinalement les mains une dernière fois en repensant à toutes les douches qu'ils ont prises là ensemble avec A., toutes les sorties de douche où ils ont été nus tous les deux dans cette pièce étroite, avec toujours en bruit de fond la soufflerie de l'extracteur d'air, il le fallait pour l'humidité, mais quelle plaie.

Par terre il reste quelques rognures d'ongles. Quelques cheveux. Leurs cheveux. Les cheveux d'amis et d'amies passés là au cours des dernières semaines, des derniers mois. Il regarde la bonde de la douche, qu'ils n'ont eu ni le temps ni l'envie de vider une dernière fois avant de partir – les jeunes acquéreurs auront tout le loisir de s'en charger. Il pense à toutes les fois où, de passage dans cet appartement où ils ne venaient plus qu'épisodiquement l'un et l'autre, la plupart du temps séparés, il a nettoyé cette bonde. À ce qu'il ressentait chaque fois qu'il désencastrait le siphon pour le vider, plongeait les doigts entre les rainures en plastique pour en chasser le mieux qu'il pouvait cette matière molle, grise, gluante, mélange de cheveux, de poils, de résidus de savon et de fluides corporels divers agglutinés à la pelote : un évident dégoût à recueillir dans sa paume la boule de fibres gélatineuse pour la glisser dans la poubelle. De la répulsion, mais aussi un rien de fascination, un vertige à penser à tout ce qui se trouvait concentré là de leur vie. Tout ce que ces quelques grammes de matière disaient d'eux. De leurs secrets. De leurs corps. De ce qu'avaient fait leurs corps au cours des semaines précédentes. De toutes les fois où ils avaient joui. Le vertige de savoir que c'était là, dans ses mains : les pièces à conviction les plus irréfutables pour quiconque aurait voulu savoir leurs secrets. Les fluides d'autres corps si d'autres corps étaient venus. L'impression d'un substrat de vérité déposé là, devant lui. Un concentré dont ses yeux myopes ne pouvaient rien connaître, mais qui aurait pu tout dire, à qui aurait voulu savoir.

Il sort de la salle de bains pour ne plus entendre cette foutue soufflerie – au moins une chose qu'il ne regrettera pas. Il regarde le parquet, les rainures entre les lattes du parquet. Il songe que ce qui est vrai de la bonde l'est de l'appartement tout entier. Que les traces d'eux sont partout. Déposées année après année dans chaque anfractuosité. Au fond de chaque interstice. Il pense avec un sourire que la brigade scientifique, si elle débarquait là et se mettait en tête de passer l'appartement à l'aérosol, comme on voit dans les films, trouverait leurs empreintes sur chaque centimètre carré de matière. Leurs empreintes et celles de tous les corps venus là depuis vingt ans.

Il se demande à quel endroit du deux-pièces la densité d'empreintes est la plus grande. Sur quelle zone de parquet ils se sont le plus souvent tenus. Il revoit l'emplacement des meubles pendant les dix premières années. L'emplacement des meubles pendant les années qui ont suivi, où l'appartement est devenu le bureau d'un journal d'amis qui venaient deux fois par mois mettre en page et boucler là leurs numéros, dans une ambiance que tous ensemble avaient partagée pendant plus d'un an, avant qu'A. et lui s'en aillent loin de Paris. Il revoit le vieux canapé-lit qu'il s'est mis avec le temps à préférer au vrai lit, dormant plus volontiers dans le vaste espace du salon, tous volets ouverts, le matelas étalé à même le sol, la petite chaîne hi-fi près de lui, la musique toute proche, jusque tard.

Il revoit la petite table qui lui a longtemps servi de bureau et qui était là encore la semaine dernière, appuyée contre le mur. Revoit les assiettes posées dessus les soirs où les invités n'étaient pas trop nombreux, mais le plus souvent les assiettes étaient sur les genoux, remplies sans façon, de pâtes cuisinées à la hâte et de samoussas achetés à l'épicerie indienne du coin, la table poussée dans un coin, réduite au rôle de desserte, si le mot n'est pas trop guindé – de débarras à cadavres de bouteilles et à canettes converties en cendriers, en tout cas. C'était une table sans grande valeur, de fabrication industrielle. Dont ni A. ni lui n'auraient jamais cru une seule seconde que toutes ces années après elle serait toujours là, fidèle alliée de leur vie, mais n'en va-t-il pas ainsi d'innombrables objets autour de nous, débarqués un matin dans notre existence, presque par hasard, sans que nous le réalisions bien, et qui au jour de notre mort sont toujours là, et sans jamais le décider nous avons fait notre vie avec eux.

La table était ces dernières années recouverte d'un tissu en batik bleu rapporté de leur vie dans un pays étranger. Il ne sait plus quel tissu l'habillait avant. Il la revoit seulement couverte à quelques occasions d'une serviette de bain propre, déplacée au milieu du salon pour autoriser une circulation plus libre alentour, leur premier enfant allongé dessus, visage plaqué de côté contre le tissu, pipette de sérum physiologique dans le nez, un petit homme aux bras secs penché sur lui, mains sur son thorax pour le soulager mécaniquement des bronchiolites qu'il rapportait à intervalles réguliers de la crèche – quelques pressions sur le thorax et le trop-plein de morve remontait miraculeusement, s'écoulait des narines comme un liquide sorti d'un tuyau de pommade dont on aurait pressé la partie inférieure, le kiné l'essuyait du revers d'un mouchoir en papier et l'enfant à nouveau respirait, le kiné rangeait ses pipettes et ses gants dans une valisette et ils le regardaient repartir vers d'autres domiciles, s'en aller expectorer la morve d'autres nourrissons malades.

Il n'y a plus de table. Plus de canapé-lit.

L'enfant qu'on allongeait parfois sur la table a aujourd'hui onze ans, un petit frère de sept.

Il est l'heure.

Il regarde une dernière fois la pièce vide. Se remémore une dernière fois la silhouette d'A. debout entre ces murs, dans cette lumière, devant ces fenêtres. A. qui un matin était sortie de la douche et s'était mise à s'affairer à mille tâches sans prendre la peine de s'habiller, était restée nue à vivre sa vie pendant qu'il la regardait, assis à son bureau. Bien sûr il avait fini par se lever et l'attirer contre lui, se déshabiller à son tour – mais pour une fois il avait attendu. Il l'avait laissée continuer un long moment d'abord, il avait pris son appareil et l'avait photographiée en train d'aller et venir sur le parquet où ses pieds mouillés déposaient des empreintes sombres. A. avait vu l'appareil et avait souri, elle s'était mise à poser imperceptiblement, puis de plus en ostensiblement, s'était un peu cambrée en riant dans le contre-jour, des poses pour jouer, devant les voilages bleus qui laissaient filtrer le soleil.

Il pense à ces photos, qu'il a faites.

Il pense à toutes celles qu'il aurait pu prendre et n'a jamais prises.

Cette fois il s'en va. Le moment mériterait des roulements de tambour, des trémolos de violons, trois coups comme au théâtre. Dans un mauvais film il y aurait sans doute de la musique, la petite musique de la vie qui passe – mais non : il n'y a rien. Tout est comme toujours. Les bruits sont les mêmes. Le silence est le même. L'immobilité des choses est la même.

Il foule une dernière fois le couloir de l'entrée.

Il fait jouer le loquet de la serrure, entend le claquement qui libère le pêne.

Il est dehors, ça y est. Sur le palier.

Il referme doucement la porte derrière lui. Donne un dernier tour de clé.

Dans l'escalier il pense au silence là-haut, à l'intérieur de l'appartement. Au calme revenu entre les murs.

Aux particules de poussière qui doivent remuer dans la lumière, agitées par son passage.

Il pense que tout là-haut on doit encore entendre le bruit de ses pas dans l'escalier.

Puis c'est la rue et son fracas.

LA VAGUE

Sur la photo c'est presque impossible à voir. Il sourit. Il a le même air joyeusement baroudeur que sur les photos d'autrefois, teint buriné, sourire large, barbe de trois jours et sourcils seulement blanchis à présent. Il se marre. Il a toujours éclaté de rire ainsi, pour masquer sa gêne. Ce n'est pas nouveau. Souvent, il y a peu encore, il se ratait. Il grimaçait pour faire drôle mais c'était raté, seule la grimace restait, la bouche tordue, les yeux roulés d'un air un peu fou. Il y en avait beaucoup de ces photos grimaces, photos malaises. À présent le visage est apaisé. Adouci. Sur toutes il rit, d'un rire vrai. Il en fait moins qu'avant, peut-être. Il a moins l'énergie d'en faire. Ce sont de belles photos. Des photos heureuses.

Ils sont là, père et fille, proches, serrés, unis devant l'objectif. Aux mouvements de leurs corps, au léger effort que fait l'épaule de la fille pour se tendre vers l'avant, on devine que c'est elle qui tient le téléphone à bout de bras et prend le selfie. Derrière eux, on aperçoit le mur jaune de la petite chambre d'hôpital d'une modeste ville du Finistère. L'étroit cadre métallique de la fenêtre condamnée.

Il y a six photos. Six instantanés pris en quelques secondes. Six images sur lesquelles leurs expressions se modifient d'une pose à l'autre, la détente d'un éclat de rire succédant à un instant de gravité feinte, le flou d'un mouvement immaîtrisé à plusieurs secondes de concentration soutenue. Sur toutes on sent la même émotion : le bonheur d'être ensemble, et le désir de graver ce bonheur. La conscience qu'il ne durera pas toujours. Le besoin de le fixer. D'en attester la réalité. D'en manifester la saveur, le prix. De pouvoir un jour peut-être, plus tard, se le remémorer.

Comprend-on, à les regarder, ce qui arrive ? Ces choses-là se devinent-elles aux seules expressions des visages ? Lui penche la tête vers le bas, regarde par-dessus ses lunettes et prend une pose à la James Bond – faire le clown, toujours. Il bouge, éclate de rire, est flou une fois sur deux. Elle est plus calme. Pleine d'une joie moins exubérante, moins pressée d'éclater à l'image. Elle ose davantage de tendresse aussi, penche sa tête vers celle du père, un peu davantage à chaque photo, comme si l'émotion la gagnait au fil des secondes, devant nous, sous nos yeux, très exactement par l'acte de prendre ces photos. Comme si elle passait d'une tendresse de bon aloi, efficacement signifiée – une image de tendresse – à une émotion vraie, revécue là maintenant, tout de suite, bouleversante, submergeante. Sur la dernière image elle penche la tête contre celle de son père. Autant que sur le front du vieil homme, on dirait qu'elle la pose sur l'image de son père. Sur la pensée de son père. Sur la contemplation de cet homme près duquel elle est née, a grandi, est devenue femme. Sur le souvenir de l'enfance à ses côtés. Sur la tristesse que le temps passe et que tout doive un jour s'en aller.

D'une photo à l'autre, cela devient plus net : comme un écart, entre eux, de conscience. De rapport au temps. Lui est dans l'instant. Savoure le bonheur que sa fille soit là. Si une inquiétude passe dans ses yeux, c'est la même qui le traverse de nombreuses fois par jour désormais : la peur de mal faire. D'être pris en défaut. De se trahir une fois de plus, comme la dernière fois qu'il est entré tout habillé sous la douche, ou a enfilé un deuxième bas de pyjama pour tenter de cacher le verre d'eau qu'il avait renversé sur le premier. Il y a ça dans son regard : l'inquiétude de ne plus pouvoir se faire tout à fait confiance. L'habitude à présent de marcher sur des œufs. L'éclat de rire préventif, comme une façon d'anticiper déjà, à tout hasard, la possible bourde, puisque c'est sa façon désormais de s'en tirer chaque fois. Par cette pirouette. Cet entrechat malicieux, élégant, digne, plein d'autodérision. Mais bien sûr où ai-je la tête quelle idée de vouloir mettre trois paires de chaussettes au lieu d'une.

Elle au contraire sait. Voit les mois qui passent, la situation qui évolue. Elle est celle qui veille, organise, anticipe. Celle qui tend le bras pour prendre les photos. Celle qui tout à l'heure les enverra au frère, à l'amie du père, aux autres membres de la famille. Celle qui les mettra en ligne et les légendera en vue du prochain numéro de la gazette Famileo, une idée du frère, pour que le père les reçoive à son tour à la fin du mois, imprimées avec une trentaine d'autres, postées par eux tous, comme autant de souvenirs du mois écoulé. Entre eux il y a ce contraste. Risque permanent de défaillance chez lui. Poids de la lucidité chez elle. Ostinato de la question qui la poursuit, la hante, à chaque prise de vue, chaque visite : et si c'était le dernier livre lu ensemble. Le dernier film. La dernière promenade.

Le même jour on le voit sur d'autres images, occupé à colorier les arabesques d'un dessin de type mandala. Il sent l'objectif du téléphone tourné vers lui, réagit peut-être à une phrase qu'elle lui souffle, à une invitation qu'elle lui lance. Il ne lève pas les yeux, ne détourne pas du dessin son regard absorbé dans une concentration extrême, ne desserre pas un instant les doigts du feutre orange tenu avec application. Mais il sourit. C'est un moment serein. Heureux, là encore. Elle n'est pas dans le cadre mais on la sent tout près. On les sent ensemble. Pour un peu on s'assoirait sur le lit avec eux, on regarderait par-dessus l'épaule du père pour voir les couleurs qu'il a choisies. Il a peint dans sa vie des dizaines de tableaux. Crayonné des centaines de nus, de portraits, de paysages, de marines. Son crayon dépasse une fois. Une deuxième. Il s'agace. S'interrompt, vexé. La regarde à nouveau en partant d'un éclat de rire.

Les années précédant les photos à l'hôpital, il y a eu d'autres journées marquantes. Comme autant de tournants, de jalons vers l'acceptation de ce qui peu à peu devenait indubitable. Une sortie solitaire au bord de la mer au cours de laquelle il s'est perdu, n'est jamais parvenu à retrouver sa voiture, a dû être secouru par les pompiers à la nuit tombée, en état de déshydratation avancée, après plusieurs heures de vaine errance à travers des rues inconnues, impuissant à donner aux infirmiers ne serait-ce qu'un numéro de téléphone à appeler. Une promenade aux monts d'Arrée, visités à sa demande, au retour de laquelle, interrogé sur ses envies de balade le lendemain, cette idée lui vient soudain, énoncée avec entrain, comme si elle le traversait tout à coup, comme une illumination : et pourquoi pas essayer les monts d'Arrée. C'est extraordinaire les monts d'Arrée vous connaissez ? Ça fait tellement longtemps que je rêve d'aller dans les monts d'Arrée.

Et puis quelques semaines après les photos à l'hôpital il y a la vague. Ce jour-là elle est à Venise en famille, avec l'homme qui partage sa vie et leurs deux enfants. Ils marchent le plus paisiblement du monde dans les rues du quartier de Cannaregio, dans le nord de l'île. C'est le mois de mars, le temps est gris, le vent fort, les pavés luisants, les places désertes semées de grandes flaques où leurs semelles se noient. Ils reviennent d'une promenade sur l'île de Torcello, éblouis et fatigués à la fois, frigorifiés, fourbus, un peu saouls d'embruns et de bourrasques. Les vagues sont hautes, elles claquent contre les quais des Fondamente Nove, soulèvent les bateaux amarrés aux piliers de bois, font voler des gerbes d'eau jusque sur leurs visages. Que fichent-ils dehors par ce temps ? La lagune est plus verte que jamais, de ce vert un peu laiteux, artificiel, jade, comme choisi exprès par les peintres pour s'accorder mieux au rose des briques sur les tableaux.

Il y a quelques jours, elle a appris le nom de la partie du cerveau qui plus vite que toutes les autres est en train de s'atrophier. Elle l'a écouté résonner dans l'air, incrédule : l'hippocampe. Elle ne savait pas qu'un petit bout de chair logé tout au fond de nos têtes s'appelait l'hippocampe. Elle ne savait pas que l'hippocampe en nous pouvait se fatiguer, s'user, cesser un jour de répondre. Que tous nous pouvions mourir à petit feu de ça.

Maintenant l'image est là : l'hippocampe dans la tête de son père qui s'étiole. Le petit être au cœur de cette tête chérie qui se fane. Devant elle les enfants courent. À Torcello ils ont trouvé un vieux ballon de foot en plastique tombé à l'eau, ils ont joué avec, n'ont pu se résoudre à l'abandonner, l'ont finalement emporté, décidés à s'en servir jusqu'au shoot immaîtrisé qui fatalement, tôt ou tard, le rendra à la lagune. À présent les enfants au moindre élargissement des ruelles le posent à terre et tapent dedans, se font des passes, flirtent avec le bord de l'eau, se précipitent pour le rattraper de justesse – et à chaque sauvetage in extremis ils lancent des cris qui montent dans le vent, comme si eux aussi sentaient la merveille que c'est d'être là, d'aller par ces rues, dans ce temps sauvage, devant la lagune démontée, presque seuls.

Ils s'engouffrent en courant au détour d'une ruelle lorsque cela arrive. Elle les suit, reçoit d'un coup l'air du large dans la figure. La lagune est là, au bout, immense. C'est une toute petite impasse aux murs moussus d'humidité, aux pavés scintillants de flaques, qui s'en va plonger dans les flots. Un moignon de rue sans portes, sans numéros, sans raison. Simplement fait pour boire l'eau à grandes tasses par son extrémité, et ouvrir sur la mer, et avaler tout le vent, toute la lumière qui s'y engouffrent, démesurés.

Elle s'approche du bord pendant que les enfants et le père continuent de jouer au ballon. Elle reste immobile à quelques pas des remous, à regarder l'eau qui bat contre le bord, les lames qui chaque fois jettent leurs éclaboussures jusqu'à ses pieds. Elle regarde l'eau qui déferle, s'étoile entre les pavés dans le contre-jour. Les algues jetées jusque-là par la mer et dont les nervures délicates brillent dans la lumière. Il y en a qui sont vert acide, d'autres vert forêt. Il y en a des brunes, des presque rouges. Des chevelues. Des élastiques. Des duveteuses.

Et puis elle l'aperçoit, qui miroite doucement sur un pavé. Elle se demande si elle a bien vu. Elle s'approche. Le ramasse. Reste incrédule à le regarder déposé dans sa paume. Avec sa toute petite bouche flûtée. Sa queue fine enroulée comme sur les dessins. Ses segments découpés comme autant d'anneaux. Poisson cheval sorti d'un conte.

Les enfants instinctivement se sont arrêtés de jouer. Ils accourent, s'accrochent à ses bras pour voir. Un hippocampe papa, ils hurlent. Un hippocampe viens voir.

Il est là, dans sa main. Scintillant. Fragile. Flancs tremblants encore. Prodigieusement irréel. Prodigieusement semblable à tous les hippocampes des livres d'enfants. Grand comme une grosse crevette. Tiré des profondeurs vertes de quel songe. Offert à qui sinon à elle, et à elle seule.

Il était là sur les pavés, elle dit doucement. Tout près des vagues. Il bougeait encore.

Elle regarde le visage de ses enfants fouetté par le vent. Leurs doigts qui chérissent le petit animal, le caressent comme pour le faire revivre. Les vagues continuent de déferler, toutes proches. La lagune de se soulever, de venir déborder par instants, rouler ses eaux pleines de secrets sur les pavés.

Elle regarde le nom de la ruelle pour s'en souvenir à tout jamais. Un des plus beaux noms de rue qu'elle ait lus dans sa vie, ou est-ce l'émotion qui le lui rend si splendide, si merveilleusement riche de promesses : Calle dei Colori. Rue des Couleurs. Près d'elle les enfants se sont remis à chercher, redemandent du miracle, scrutent chaque flaque, chaque anfractuosité des pavés. Penchée sur un plan, le soir, elle apprendra le nom de cette partie de la lagune : Secca della Misericordia marina. Haut-fond de la Miséricorde marine.

LA TOMBE

La dalle est toute simple, un rectangle de pierre blanche posé à même le sol, à l'opposé de la pompe et du clinquant des caveaux voisins. Elle porte son nom. Une tombe humble, discrète, tout à fait comme il la choisirait, si on lui demandait son avis. Il en serait presque ravi. Mais il y a la date dessus. Pas seulement celle de sa naissance, celle de sa mort aussi : 1975-2055.

On est le 4 juin 2015. Le jour de ses quarante ans. Qu'est-ce qui lui a pris, justement ce matin-là, de couper par le Père-Lachaise pour descendre à la librairie ? D'emprunter justement cette allée-là qu'il ne prend jamais, trop ensoleillée d'habitude, les tombes trop marbrées, trop neuves, trop fleuries ?

Il se penche pour regarder la dalle de plus près. Le nom et la date sont creusés délicatement dans la pierre. Une saignée fine, élégante. Qui a pu lui jouer ce mauvais tour ? Il fait le compte : 2055, cela veut dire dans quarante ans. Ainsi, pense-t-il, je serais pile à mi-chemin ?

Je me trouverais, en ce moment même, à l'exact milieu de ma vie ?

Il va voir la police. Ne trouve pas grand-chose à répondre au commissaire qui l'interroge sur d'éventuelles menaces qu'il aurait reçues. Par-dessus tout, c'est le délai qui l'étonne : quarante ans, pour un règlement de compte, ça fait long.

Pendant deux semaines il enquête pour savoir si d'autres vivants dans la force de l'âge ont eu la même désagréable surprise. Il attend le coup de fil par lequel le mauvais plaisant se dénoncera. Il sonde ses artères, ses veines, la pompe de son cœur et les terminaisons nerveuses aux extrémités de son corps en songeant que peut-être c'est vrai, tout cela dans quarante ans exactement cessera de répondre, s'éteindra, mourra, et nul ne pourra rien y faire.

Et puis il s'aperçoit qu'il vient de passer deux semaines à ne rien faire : *deux semaines de perdues déjà*, ce sont très exactement les mots qui lui viennent, et à l'instant où cette pensée le traverse il frémit. Songe que peut-être, désormais, il aura toujours cette angoisse : n'avoir pas tiré le meilleur de chaque heure vécue.

Il se jure que non. Que cette découverte ne changera rien. Que ni A., la femme qui partage sa vie, ni ses enfants, ni aucun de ses amis ne devineront jamais la découverte qu'il a faite.

La première année, il s'applique consciencieusement à ne rien modifier de ses habitudes. Il continue de repousser ses projets les plus chers au lendemain, refuse de céder à la bougeotte qui le gagne maintenant au travail, à l'impatience qui lui rend insuffisamment exaltants les dimanches en famille.

La deuxième année, A. est prise d'une violente envie de Japon, elle lui propose d'y partir en vacances sans tarder, comment peut-il se faire que jamais de leur vie encore ils ne soient allés au Japon ? Il refuse. Ils ne sont jamais allés si loin, ne font de toute façon qu'un voyage par an, la Camargue ou les Côtes-d'Armor, en alternance. Quelle mouche pique soudain A. ? Est-ce qu'elle a deviné quelque chose ? Ils partent dans les Côtes-d'Armor, bouffent de la routine comme jamais, lecture et sudoku le matin, plage l'après-midi, sudoku et lecture le soir.

La troisième année, il s'avoue l'évidence : que tout est changé maintenant, et le sera à jamais. Il ne va plus se promener sans y penser, simplement parce que ses jambes le portent vers la forêt ou vers la mer. Il ne joue plus avec ses enfants pour le simple plaisir du jeu avec eux. Il ne fait plus l'amour avec A. simplement parce que tous deux en ont envie. Il fait tout cela poussé désormais par une voix qui lui répète : profite. Ne sais-tu pas que tout sera bientôt fini ?

Il n'est pas homme à se mentir longtemps. La quatrième année il réunit ses proches, leur avoue tout, en homme qui abat ses cartes. A. l'embrasse, lui dit qu'elle le retrouve. Y., son associé, allonge le visage, chamboulé, empathique. Il dit merde, en lui tapant sur l'épaule. Plus que quarante ans merde. Trente-six, corrige leur ami G., qui voit le bon côté des choses et le verre à moitié plein : trente-six ans à vivre avec la certitude de pas casser ma pipe avant, je signe demain.

La cinquième année, G. tombe malade et meurt. Avec Y. et les autres, ils marchent tous ensemble de l'église au petit cimetière de village où reposent tous les aïeux de G. De la promenade entre les tombes, il reçoit un choc. En lui se réveille, furieuse, l'urgence qu'il a tâché pendant quatre ans de museler.

La sixième année, il est infidèle. À la femme qu'il retrouve désormais chaque après-midi au lieu d'aller à la librairie, il confie ce calcul : que s'ils font l'amour tous les jours, et cela jusqu'à leur mort, ou en tout cas jusqu'à la sienne, dans trente-quatre ans, ils l'auront fait approximativement douze mille quatre cent dix fois, ce qui lui semble un beau total, insuffisant évidemment au regard de l'infini des possibles, mais tout de même pas si négligeable.

La septième année, il se lasse d'être infidèle et revoit ses ambitions à la baisse. Deux ou trois mille fois encore d'ici la fin de sa vie, est-ce que ce ne sera pas déjà bien assez. Est-ce qu'il ne commence pas à savoir plutôt bien de quoi il retourne, depuis le temps.

La huitième année il voyage. Un pays tous les quinze jours, il a décidé, et dans l'année en effet il en voit vingt-quatre, s'émerveille devant le lac Albert, brave le fleuve Casamance, manque finir dans la gueule d'un tigre du Bengale.

La neuvième année il déprime, s'autoqualifie de pauvre

type, d'esclave du quantitatif, de petit comptable sinistre de sa propre vie.

La dixième année il découvre dans un livre sur le bonheur des plantes la notion d'*intensif*. C'est une révélation : jusque-là il n'a cherché que du côté du nombre, manquant l'essentiel.

La onzième année, il la passe à traquer partout l'intensif, à se demander à quel endroit de la vie peut bien sommeiller le maximum d'intensif. Il s'occupe intensément de ses enfants, aime intensément A., boit intensément des bières avec Y. le soir aux terrasses des cafés.

La douzième année il lit cette phrase d'un écrivain japonais qui a la parole rare mais avisée : Écrire, c'est descendre au second sous-sol. Il y voit la promesse d'une intensité maximale.

La treizième année il se met au travail, accumule des notes, remplit des carnets, esquisse les plans du livre à venir, le rêve oignon, puits de mine, cratère de volcan.

La quatorzième année il s'élance, tâtonne, goûte l'exaltation de l'avancée à l'aveugle, le bonheur chaque soir d'avoir accouché de pages imprévues.

La quinzième année il ralentit, vacille, sent que le chemin se dérobe. Il se voit pareil à ces voyageurs égarés dans la forêt dont parle Descartes : Ne pas errer en tournoyant tantôt d'un côté tantôt d'un autre, ni encore moins s'arrêter en une place, mais marcher toujours droit vers un même côté, et ne le changer point.

La seizième année, la forêt s'épaissit. Il entre dans le dur, tente de reprendre espoir en relisant la phrase de

Claude Simon qu'il a toujours trouvée si belle : Aussi ne peut-il y avoir d'autre terme que l'épuisement du voyageur explorant ce paysage inépuisable.

Oui mais si l'épuisement vient avant d'avoir rien rencontré ?

La dix-septième année il jette l'éponge, déprime.

La dix-huitième année, il convoque Y. et lui fait cette déclaration solennelle : que contrairement à ce qu'il a cru, il n'est pas écrivain, mais quelque chose d'autre qui n'est pas moins précieux, qui l'est peut-être même plus, car désintéressé, gratuit. Nous sommes des lecteurs, Y. Au fond toute notre vie nous aurons fait cette chose magnifique : lire les autres. Leur prêter notre souffle, notre intelligence, notre imagination.

La dix-neuvième année il trie ses notes, rassemble ses manuscrits, appelle Y. un soir où flambe une belle bûche dans la cheminée. En jetant avec lui les feuillets au bûcher il se rappelle Kafka et Max Brod, se demande si Y. l'empêchera de foutre au feu ce qui est peut-être un chef-d'œuvre. Y. ne le retient pas.

La vingtième année, il la passe à rédiger des épitaphes pour la dalle blanche où figure déjà son nom – 2055 viendra vite, mieux vaut s'y prendre à l'avance. Il imagine un moment un beau rythme ternaire césarien : J'ai lu, j'ai aimé, j'ai vécu. Il est tout près de céder à la légère grandiloquence du latin : *Lector fui*. Arrête finalement son choix sur la version française, plus sobre : Lecteur j'ai été.

La vingt et unième année il fait une pause, se demande s'il n'est pas temps de tirer un premier bilan de son existence. Il a soixante et un ans maintenant et vit seul. A. n'est plus là, enfuie depuis longtemps.

La vingt-deuxième année il se rappelle qu'il a des enfants, rend visite à sa fille C. installée au Mans, à son fils E. parti vivre en famille à Barcelone, reçoit de l'un et l'autre un accueil poli mais prudent. À dans vingt ans, lui souffle C. en le quittant, et il ne peut s'empêcher de tressaillir à la pensée que non – non dans vingt ans je ne serai plus, se retient-il de répondre, et il s'éloigne en hâtant le pas, tête basse.

La vingt-troisième année il entreprend de dresser la liste des villes qu'il a visitées. Des maisons qu'il a habitées. Des hommes et des femmes qu'il a aimés. Il sent des pans entiers de sa vie renaître.

La vingt-quatrième année il entame l'inventaire des livres qu'il a lus, s'effraye de constater que beaucoup se sont effacés de sa mémoire. Lire du neuf lui semble brusquement vain : ne devrais-je pas commencer par me souvenir de toutes les pages que j'ai déjà traversées.

La vingt-cinquième année il entame de frénétiques relectures. Se sent revivre à mesure que redéfilent en lui les héros de ses années passées : tous ces personnages de romans que nous portons en nous, ce sont nos amis aussi.

La vingt-sixième année il étend ce principe à tout le champ de la vie : plus encore que de vivre, importe de se rappeler ce qu'on a vécu. D'en garder un souvenir net, aigu, constamment disponible.

La vingt-septième année il présente à Y. son nouveau

projet : désherber drastiquement le fonds de la librairie. Le réduire à l'os. Aux vingt, peut-être trente lectures qui ont vraiment compté pour eux.

La vingt-huitième année il s'aperçoit qu'il a soixante-huit ans et qu'il est désormais parfaitement seul, que même Y. est fatigué de lui, que plus aucun client ne vient à la librairie, que tout le monde se fout royalement de son nouveau projet de réduction du fonds à l'os.

La vingt-neuvième année il tombe sur ce petit texte de Ponge écrit dans la nuit du 27 au 28 mars 1948 : J'entre aujourd'hui dans ma cinquantième année. Toujours aussi gamin, aussi nul. Avec en plus quelques-unes des turpitudes, quelques-uns des ridicules de la vieillesse. Pas l'impression du tout d'avoir progressé.

Il ne sait si la lecture de ce texte lui fait du bien ou du mal.

Y. et lui se font vieux désormais, la situation de la librairie n'est plus très florissante. La trentième année, ils prennent la sage décision de passer la main.

La trente et unième année il modifie le classement des livres chez lui, réordonne les volumes en fonction de la netteté du souvenir qu'il en garde : présent à ma mémoire / plutôt présent / plutôt pas présent / franchement lointain / à relire en priorité / à relire si possible / à ne pas relire, tant pis, plus le temps.

La trente-deuxième année il est atteint d'une grave pneumonie, n'en réchappe que de justesse. Affaibli, alité, il a pour la première fois cette pensée : que huit ans encore à vivre, c'est beaucoup. Qu'il s'en sent à peine capable.

À compter de ce jour les choses s'inversent. Il cesse de dénombrer les années écoulées, chiffre désormais celles qui lui restent à vivre.

La septième année avant la fin il pense : ainsi donc dans sept ans je mourrai, et une rapide multiplication lui permet d'arriver au total de deux mille cinq cent cinquante-six journées à vivre encore, chiffre qui lui paraît à la fois maigre et inespérément élevé, au vu des forces qui lui restent. Et cependant le temps file, et la fin de l'année vient, et déjà ne lui restent plus que deux mille cent quatre-vingt-onze jours à voir s'écouler.

La sixième année avant la fin il reprend des forces, mesure sa chance. Six années à vivre : la prédiction ne lui est plus une menace, elle devient talisman, sauf-conduit. Pendant six ans il peut tout oser.

La cinquième année avant la fin il se porte volontaire comme médiateur dans la difficile affaire des otages de Rome, obtient la libération de cinq infirmières qu'on désespérait de revoir jamais vivantes.

La quatrième année avant la fin il remonte le Rhône à la nage, rallie Genève en bravant le courant et les réacteurs nucléaires de Tricastin et Saint-Alban, s'attire une notoriété certaine dans le petit monde du sport septuagénaire.

La troisième année avant la fin, Y. meurt, suivi de A., avec qui il a renoué sur le tard. Il voudrait l'accompagner dans la tombe, trouve cruel de ne pouvoir, maudit le destin qui l'en empêche.

L'avant-dernière année il devient contemplatif, prend l'habitude de n'aller plus qu'à pied, de s'asseoir longtemps devant les choses et de les regarder comme pour leur dire adieu. Malgré ses soixante-dix-huit ans son corps est vigoureux. Il se sent jeune.

La dernière année il refuse de croire que la mort l'emportera bientôt. Il se met à douter. Et s'il s'était trompé, quarante ans plus tôt ? Il retourne au Père-Lachaise, emprunte l'allée aux tombes marbrées et fleuries, cherche en vain la dalle. Non, pense-t-il, non ce n'est pas vrai, je n'ai pas pu vivre ma vie entière sur un malentendu, et sentant la panique le gagner il court de plus en plus vite d'une tombe à l'autre, et les gardiens se demandent qui peut bien être ce vieil homme de quatre-vingts ans qui galope à perdre souffle parmi les dalles de marbre et les caveaux moussus.

C'est très simple, très doux. Quelque chose dans sa poitrine tressaille. Il a le temps de repenser à A. et à Y., de songer qu'il n'a pas été, somme toute, trop malheureux.

Ses enfants ne l'ont pas revu depuis longtemps mais savent son goût des choses humbles. Ils lui choisissent une dalle blanche toute simple, trouvent un emplacement un peu dérobé, dans une allée qu'il aurait sans doute jugée, pensent-ils, un peu trop clinquante et fleurie, mais les morts se bousculent maintenant, et on fait ce qu'on peut.

On le met en terre, on grave simplement son nom sur la pierre, suivi de ses dates de naissance et de mort. Et tout est bien.

FELLINI

Il s'est assis tard devant un film. Le film est célèbre, on lui a mille fois dit de le regarder. C'est presque fou qu'il ne l'ait encore jamais vu. Un film qui raconte l'histoire d'un homme en train de faire un film. L'homme est perdu, ne sait plus ce qu'il veut, ne veut plus grand-chose. Plus il avance et moins il sait à quoi ressemblera son film. Le jour du tournage approche et l'angoisse en lui monte, invisible au-dehors, toute-puissante au-dedans, envahissant chaque recoin de son être, l'empêchant de plus rien désirer, de plus aimer personne.

À aucun moment l'homme n'explose. C'est plutôt comme une combustion lente, tout entière renfermée. Une immense fatigue qui le submerge et le consume de l'intérieur. Un ensevelissement dans les plis d'une lassitude devenue universelle, absolue. Lassitude de lui-même, de sa femme et de toutes les femmes, de tous les hommes, de tous les films, de toutes les idées, de tous les mots. Il conserve son élégance, continue au-dehors de porter beau. Mais au-dedans il est mort.

À un moment une amie de sa femme, exaspérée, l'inclut dans une famille d'hommes qu'elle décrit de ces trois adjectifs qu'elle prononce très vite, presque enchaînés, d'une traite, comme s'il s'agissait d'une famille bien connue, souvent décrite en ces termes qui lui viennent machinalement, sans même qu'elle ait besoin de les chercher ni de faire le moindre effort pour les trouver : les hommes faibles, abouliques, pas clairs.

L'homme assis devant l'écran se redresse, enfonce la commande pour revenir quelques secondes en arrière, revisionne la scène en s'efforçant d'entendre les termes italiens exacts utilisés par l'amie de la femme : *uomini deboli, abulici, senza chiarezza.*

C'est bien ça : *abulici.* Abouliques.

Il n'a pas entendu ce mot plus de deux ou trois fois dans sa vie.

Sans volonté. Sans désir.

Ça ne sonne pas très bien mais c'est incroyablement efficace.

Senza chiarezza : sans clarté. Les types pas clairs. Les types flous.

Il réfléchit à cette vérité énoncée comme une évidence : que les hommes dissolus ne sont pas du tout ceux qui ont le plus de force de vie, les plus désirants, les plus vivants – mais au contraire les plus faibles. Les plus incapables de choisir. Les plus dépourvus de volonté comme de désir.

Ces mots sont prononcés de bon matin, dans des circonstances qui les rendent passablement justifiés, on ne peut le nier, en réaction à une énième irrésolution de l'homme qui ne sait plus ce qu'il veut, irrésolution qui vaut à tout le monde de subir une situation vaudevillesque : la femme et celle qu'il faut bien appeler la maîtresse de l'homme assises nez à nez, à quelques tables l'une de l'autre, venues en même temps le retrouver jusque-là, dans une autre ville, le même matin, à la terrasse du même café.

On se demande comment l'homme qui ne sait plus ce qu'il veut a pu en arriver à pareil désastre : si c'est par faiblesse, par négligence, par désir de s'autodétruire enfin une bonne fois pour toutes, ou encore (c'est l'hypothèse à laquelle se raccroche l'homme assis devant le film, la préférant à toutes les autres, pour ce qu'elle permet de conserver de dignité relative au malheureux), par une sorte d'acte manqué, de sursaut libérateur, un inconscient besoin d'avouer enfin la tromperie, en se plaçant délibérément au pied du mur, et en y plaçant sa femme avec lui, forcés tous deux à présent d'affronter le problème, et donc de se parler, et donc de se retrouver, fût-ce dans la dispute.

Mais même placé dans cette situation, l'homme qui ne sait plus ce qu'il veut continue de s'embourber : il nie, affirme que la présence de sa maîtresse est purement fortuite, qu'il la découvre lui-même à l'instant, que d'ailleurs il n'a plus rien depuis longtemps à voir avec cette personne, qu'il se sent même offensé qu'on ose l'associer à elle, il n'y a qu'à voir sa tenue, comment lui faire l'affront de lui imaginer pareille liaison.

Évidemment ni sa femme ni l'amie de sa femme, assise avec eux, ne le croient. Évidemment il a l'air pitoyable, avec son mensonge désespéré, désespérément grossier. L'homme qui ne sait plus ce qu'il veut, à cet instant précis, assis avec sa femme et l'amie de sa femme, à trois tables de la femme avec laquelle il trompe effectivement la première, même s'il s'évertue à continuer de le nier sans convaincre personne – cet homme tombe très bas, on a mal pour lui, on ne peut s'empêcher de le trouver misérable, et de s'en vouloir de le trouver tel, car chacun de nous le sait : jusqu'où ne tombons-nous pas dans ces moments. Il n'y a rien d'autre à faire que se prendre la tête entre les mains pour ne plus voir ça, boucher ses oreilles pour ne plus assister à cette noyade en eaux toujours plus profondes.

L'homme assis devant le film est accablé. C'est peut-être une scène drôle. Peut-être une scène pathétique. Elle commence sur une musique de cirque, avec l'entrée joyeuse de la maîtresse, se poursuit plus prudemment, sur des notes qui semblent celles d'un orgue de barbarie fatigué, manivelle actionnée au ralenti, pendant que l'homme, la femme et l'amie de la femme échangent des mots aiguisés comme des couteaux.

Épargne-moi au moins la honte de t'entendre toujours mentir, lui demande fermement sa femme. (*La vergogna di sentirti sempre giurarmi il falso* : la honte de t'entendre toujours me jurer le faux, dit l'italien. C'est plus précis qu'en français, plus aigu.) L'homme qui essaie de faire un film sait moins que jamais, à cet instant, ce qu'il veut.

Il ne trouve rien d'autre à faire que mettre des lunettes pour se cacher les yeux, comme si les morceaux de verre fumé avaient la moindre chance de lui offrir un refuge. Mais les lunettes ne le protègent pas. Au contraire on le regarde plus avidement encore. On n'est plus gêné par son regard à lui. Ce n'est plus un visage d'où part le brillant de pupilles braquées vers nous, douées de leur vie propre, capables de nous fixer en retour. C'est une pure surface. Un visage nu, dont on peut à présent détailler chaque infime événement, chaque tressaillement de mâchoire, chaque haussement de sourcil. On sent l'homme acculé, foutu. À notre merci.

Pauvre type, pense l'homme assis devant l'écran. Pauvres couillons que nous sommes tous.

Le film se poursuit. C'est un film désespéré et qui pourtant déborde de vie. Un film qui raconte l'histoire d'un homme à bout de forces et qui pourtant la raconte avec souffle, avec folie. Un film d'une tristesse infinie et qui pourtant vous éblouit de féerie.

Arrive une scène où la femme de l'homme qui ne sait plus ce qu'il veut découvre les premières bribes du futur film. Évidemment c'est un film qui raconte l'histoire d'un homme en train de faire un film, un homme incapable de savoir à quoi son propre film ressemblera. C'est l'histoire d'un type perdu dans le grand marécage de la vie, faible, incapable d'être fidèle à sa femme, incapable d'aimer la femme avec laquelle il trompe sa femme.

Évidemment, c'est son histoire à lui : l'homme qui fait le film.

La femme reconnaît leur vie. Reconnaît la maîtresse dans le rôle de la maîtresse. Se reconnaît elle dans le rôle de la femme trompée.

Tout est déplacé, recombiné, modifié. Et pourtant tout est là.

Ça n'est pas leur vie et c'est leur vie.

La femme regarde quelques scènes du futur film, puis elle quitte la salle en disant à l'homme ces mots très simples, très calmes : Caresse-toi, Guido. Fais-toi passer pour quelqu'un de merveilleux. Quelle leçon veux-tu donner, toi qui n'as jamais dit le vrai à celle qui a vieilli à côté de toi ?

À la fin l'homme se sauve de justesse. Il renonce à son film. Il fait vœu de silence. Jure de préférer désormais le silence aux mensonges. Une fanfare débarque et se met à jouer. Les personnages s'assemblent en cortège. Le défilé démarre au son flamboyant des cuivres. Et tout est pardonné : *È una festa la vità.*

C'est beau, mais c'est faux : l'homme n'a pas renoncé.

Puisque le film est là.

Puisque l'homme assis devant l'écran le voit.

Puisque pendant deux heures il vient de regarder l'homme faible, aboulique et confus se noyer dans sa faiblesse, son aboulie et sa confusion.

Ce n'est pas vrai que le film n'existe pas. Le film existe.

Et ce n'est pas vrai que le film est un mensonge. Puisque l'homme assis devant l'écran vient de le voir pour de vrai.

Puisque le film est beau.

Il éteint le téléviseur. Se lève. Attrape un verre, le passe machinalement sous le robinet pour le remplir d'eau. Sort le boire sur le pas de la porte, dans l'air frais de la nuit.

Il est minuit passé déjà, le petit quartier pavillonnaire est tout entier endormi. D'autres hommes et d'autres femmes veillent peut-être encore dans les maisons voisines, regardent peut-être d'autres films, qui montrent d'autres êtres faibles, abouliques, confus. Mais c'est derrière des murs épais, des volets roulants abaissés, et il est impossible d'en rien savoir.

C'est le milieu de l'été, il fait bon. Les rues bitumées brillent mollement sous la lune. Les trottoirs sont déserts. Les voitures garées sur le bas-côté ont l'air de gros chevaux attachés un peu au hasard dans la côte, le long du talus, près de l'herbe qu'ils ont tout loisir de brouter jusqu'au matin. Les plantes grasses au pied du mur luisent. Leurs feuilles sont bleues et charnues. Elles n'ont pas l'air naturelles du tout.

Le lendemain l'homme se lève et se remet sans attendre au roman qu'il essaie d'écrire (son métier est d'écrire des romans). Il ne sait jamais très bien à quoi il veut que son roman ressemble. Il ne sait jamais très bien non plus ce qu'il veut dire ou taire de sa vie. Comme tous les jours il se remet à mêler le vécu, le rêvé, le fantasmé, l'absolument imaginaire qui paraît vrai et l'absolument vrai qui paraît imaginaire. Où veut-il en venir? Il est bien le dernier à le savoir. C'est encore et toujours le même travail de taupe. Encore et toujours le même forage de galeries à l'aveugle, la même percée de tunnels et de cheminées qui mèneront on verra bien où. Les mêmes jeux de chausse-trappes, de faux-semblants, de géminations, de masques. Les mêmes éternels arrangements avec le même sac de secrets inavouables.

Seulement maintenant la voix de la femme est là. Il l'entend lui souffler doucement les mots de la veille : Caresse-toi, Guido. C'est accusateur. C'est ironique. Mais il ne peut s'empêcher d'y entendre aussi quelque chose de tendre. De bienveillant. Comme un encouragement à continuer.

Caresse-toi, Guido.

La femme l'a dit, il faut le faire.

La femme, pour ce qu'il a pu en juger dans le film, sait assez exactement ce qu'elle dit.

LA NUIT

[Elle s'est assise contre le mur pour raconter. Un an a passé depuis cette nuit-là. Elle ramène les genoux entre ses bras, commence son récit d'une voix calme. Dans son histoire c'est d'abord le matin. Il fait beau. La lumière d'août est vive. La mer est là, tout près.]

La voiture descend dans l'odeur des pins. J'entends les graviers qui crissent sous les pneus. J'aperçois l'eau qui scintille à travers les aiguilles des pins en contrebas. J'entrevois la maison suspendue au-dessus de la mer. Et pour la première fois depuis des mois je sens que je respire mieux. Qu'enfin commence à dégeler le bloc de tristesse qui depuis l'accident m'écrase, m'anéantit, me vide. J'ai réservé presque par hasard, au dernier moment. Une annonce qui venait d'être mise en ligne et que par chance j'ai vue à temps. Ça a l'air bien, j'ai dit au père de mes enfants. J'ai l'impression que c'est au bord de la mer, j'ai ajouté prudemment, sans trop dire que les photos étaient sublimes, que l'endroit semblait fou, que c'en était suspect, que je ne comprenais pas comment mi-août sur l'île invariablement prise d'assaut un endroit si splendide pouvait se louer si bon marché.

Maintenant la propriétaire nous conduit jusqu'à la chambre et tout ce que j'avais vu sur les photos est vrai. C'est une vraie maison de famille avec un couloir décoré de souvenirs de voyage, avec un immense placard rempli de couvertures. À l'extrémité du couloir c'est une vraie terrasse suspendue au-dessus de l'eau, une terrasse gigantesque et ombragée à la fois, au bout d'une chambre toute simple, spacieuse mais simple, je me rappelle que c'est le mot qui me vient : que tout ici est *simple*. Je vois qu'il n'y a pas de frigo, pas de cuisine. Je pense avec joie qu'il faudra toutes les vacances se contenter de tomates et de concombres, de pain et de fromage de brebis et d'huile d'olive à tous les repas, et qu'ainsi tout sera simple, c'est à nouveau le mot qui me vient, et la seule pensée de ce mot me soulage, j'ai l'impression qu'ici enfin je vais pouvoir me reposer, me réparer, commencer de soigner l'infinie fatigue qui depuis des mois me cloue.

Je regarde la vue, je regarde la mer devant moi qui s'étend à l'infini, le soleil qui rebondit sur l'eau. Je pense que toute la journée je vais pouvoir être là, devant cette mer, dans cette lumière. Je devine la joie que je vais éprouver là. Je fais plus que la deviner : je la sens déjà qui me soulève, qui m'emplit, qui revient, j'en suis bouleversée, il y avait si longtemps qu'elle n'était plus là, il me semblait si impossible qu'elle revienne jamais.

Pendant toutes les journées qui suivent je suis heureuse. Heureuse comme je ne pensais plus pouvoir l'être.

Il n'y a qu'un lit double dans la chambre et au début la propriétaire s'inquiète de nous voir arriver tous les quatre. Elle dit c'est petit, vous savez, vous êtes sûrs que ça ira ? Nous montons un lit de camp, tirons jusque dans la chambre un des transats de la terrasse. Et tous les quatre nous nous serrons là, dans la même pièce, parallèles les uns aux autres, pas dans l'ordre qui serait logique, les deux parents dans le grand lit, un enfant sur le lit de camp, l'autre sur le transat – non, nous changeons, moi dans le grand lit avec notre plus jeune fils, l'aîné sur le lit de camp, leur père sur le transat, un adulte un enfant un adulte un enfant, comme les fois où nous dormons sous la tente et où aucun ne veut être à l'écart.

Les jours et les nuits passent et je constate qu'à aucun moment je ne me sens à l'étroit, au contraire je voudrais que toujours la vie ressemble à ça. Que toujours les nuits et les journées se passent dans cet entassement des corps, cette promiscuité, la masse chaude de mes enfants contre moi, la masse de mon homme endormi là tout proche, pas collé contre moi mais proche.

Le matin j'ouvre les yeux et le plus souvent le soleil est déjà haut, la chaleur entre dans la chambre par les baies restées ouvertes. Je regarde mes enfants et leur père qui continuent de dormir, je regarde leurs visages écrasés contre l'oreiller, leur bonheur jusque dans ce sommeil lourd, plein, je sais notre chance, j'ai la claire conscience qu'il ne nous sera pas souvent donné de vivre une paix comme celle-là. Je m'assois sur la terrasse et chaque matin la mer est là, c'est la même féerie, elle n'a pas bougé, elle est restée pendant la nuit et je retrouve son bleu immense, je peux recommencer de m'en éblouir les yeux, je peux rester jusqu'au soir si je veux dans la lumière de son étendue, de son calme, à m'émerveiller que chaque matin la magie recommence, qu'à jamais tout ce bleu me soit offert, avec ce soleil dessus.

Pendant toutes ces journées je lis. Inépuisablement devant la mer je lis. Je dors. Je me serre contre mes enfants qui eux aussi dorment, contre mon homme avec lequel parfois je reste faire la sieste pendant que les enfants sur la plage en contrebas jouent. Je le sens qui a cessé lui aussi de compter, cessé de vouloir, il ne cherche plus à remplir le temps, lui aussi simplement s'y allonge, s'y étend, s'y affale, comme tous les quatre nous nous affalons le soir dans nos lits. Ce sont des vacances où j'oublie. Les contraintes. Les coups de fil. Les nouvelles à donner, à prendre. Des vacances où je nage. Où après quelques heures à lire invariablement je descends plonger dans le bleu, les carreaux de la terrasse ont chauffé au soleil pendant que j'étais assise et à présent ils me brûlent doucement la plante des pieds, en trente secondes je suis en bas et les rochers aussi sont chauds, je sens leurs arêtes sous mes pieds, je soigne mes appuis pour m'approcher de l'eau sans glisser, je vois par transparence les rochers bruns et verts, les dalles hérissées d'oursins, les bancs de sable clair, les à-pics sombres.

Je plonge à l'endroit que je sais, entre deux rochers assez écartés, je sens la fraîcheur de l'eau qui d'un coup m'enveloppe, je refais surface et tout est inversé, la terrasse là-haut minuscule avec la rambarde d'où les enfants me hèlent, la baie qui de toutes parts m'enveloppe, me ceinture, me tient. Je nage une demi-heure, une heure. Je m'en vais toujours plus loin vers le large, je vois la côte qui s'éloigne, la ligne des montagnes qui s'abaisse, la maison qui au bout d'un moment n'est plus qu'une tache pâle accrochée à la falaise parmi les arbres.

Quand je reviens j'ai les jambes et les bras qui tremblent un peu de fatigue, j'ai joué à me faire peur, je me sens vivante. J'attrape le tuyau d'arrosage resté au soleil et je me rince à l'eau brûlante, je remonte et j'attrape sur l'étagère une tomate dans laquelle je mords, le jus acide éclate dans ma bouche, les enfants sont rassurés que je sois de nouveau là, ils disent on t'a vue maman, tu étais tout là-bas, très loin, on ne te voyait presque plus, je les embrasse, je me rassois en finissant de manger ma tomate, ma bouche est pleine de sel, le sel de la mer, le sel de ce bleu immense qui me comble depuis que je suis là, je reprends mon livre, je m'amuse que mes doigts mouillés fassent un peu gondoler les pages, je lis mieux qu'avant la baignade, mon esprit s'est raffermi, je traverse chaque phrase en la fendant net, je lis vite, je lis clair.

De toutes ces vacances je n'ai presque que des souvenirs de chaleur, de soleil aveuglant, d'eau transpercée par les rayons de l'après-midi. Parfois seulement, le soir, passé minuit, les enfants couchés, je tire une chaise tout près de la rambarde et je m'assieds dans l'obscurité. Dans mon souvenir nous sommes seuls dans la baie.

Nulle part alentour il n'y a d'autre habitation. Pas de restaurant. Pas de cabanon. Pas même de bateau au large. Pas de lumière. Pas de bruit. Le noir. Le vrai noir. Peut-être une dérisoire lueur au bout d'une langue de terre, à plusieurs kilomètres au loin. Un second point lumineux tout là-haut, de l'autre côté du golfe, quelque part dans la montagne. Et rien d'autre que les étoiles. La lune. Je reste à regarder le paysage tout entier noir devant moi. Les rochers qui s'enfoncent dans l'eau noire. La mer devenue cette masse sombre énorme, mouvante, que j'entends continuer de battre doucement en contrebas dans la nuit. La mer qui toute la journée a semblé tellement sûre, tellement accueillante. Et qui maintenant est tellement noire.

Et puis le dernier soir arrive.

Cela fait dix jours déjà que je repousse le départ. Le père de mes garçons a dû s'en aller reprendre le travail. Le temps tire en longueur, je suis restée seule avec mes fils un soir de plus, puis un autre, puis encore un autre.

Maintenant c'est vraiment la fin. Il est 2 heures du matin, le départ est prévu à 6. Les garçons dorment. J'ai fini de faire les valises. Tout est prêt. À l'aube il n'y aura plus qu'à monter en voiture et à nous en aller. Je reviens m'asseoir une dernière fois sur la terrasse. Je regarde le noir de la mer et du ciel. Je me rappelle l'état dans lequel je suis. La gratitude que j'éprouve vis-à-vis de ce lieu. La calme certitude de ce que je lui dois. Là je suis revenue à la vie. Là j'ai retrouvé la joie. Là non seulement j'ai été heureuse mais j'ai su dès la première seconde que j'allais l'être, tous mes sens immédiatement me l'ont dit, j'ai retrouvé non seulement ma joie mais ma faculté d'en deviner le retour, j'ai vu que je pouvais toujours me fier à mes sens, que c'était toujours là, que je savais, qu'il n'y avait qu'à m'écouter.

Toute la soirée le temps est resté couvert. Il fait un noir inhabituel, un noir plus total encore que d'habitude, il n'y a pas une étoile, pas un rayon de lune, le ciel est bouché, sans plus un souffle d'air. Tout là-bas au large des éclairs zèbrent le ciel, allument sur la mer des lueurs orange, presque rouges. Il n'y a plus un bruit, plus un souffle. Je pense que peut-être je ne reviendrai plus jamais là. Que c'est la dernière fois. Que même si je reviens ce ne sera plus jamais pareil.

Alors d'un coup je veux descendre. Je veux dire au revoir à cette baie qui m'a rendue à la vie. Je vérifie que les garçons dorment. Que leurs corps sont bien enfoncés dans le matelas, pèsent bien dessus de tout leur poids de corps d'enfants endormis. Et je descends habillée comme je suis, sans chaussures, sans maillot de bain, sans serviette.

J'arrive en bas. Je regarde l'eau silencieuse. Étale. Lisse comme je ne l'ai jamais vue.

J'enlève mes vêtements un à un. Je les dépose sur le sable près de moi. Je suis nue.

Je pense aux femmes que j'ai vues offrir des libations à l'océan, dans ce pays où j'ai vécu il y a des années. Je pense aux flots de lait caillé que j'ai regardés blanchir le flux et le reflux des vagues, se dissoudre lentement en laissant de grandes traînées blanches dans les rouleaux, à chaque seconde plus étirées, plus torsadées.

J'entre dans l'eau jusqu'aux chevilles. Jusqu'aux genoux. Jusqu'à la taille. Je regarde l'immensité du ciel au-dessus de moi, sans la moindre étoile, sans le moindre rayon de lune.

J'avance. Le liquide noir m'enveloppe, je nage sans plus rien voir, je suis seule au milieu de la mer immense et sombre, je ne vois plus mes mains, plus mon corps. Il y a trois mois j'ai failli mourir de perdre tout mon sang, j'ai senti la vie qui s'en allait de moi, qui m'abandonnait, s'enfuyait de moi, laissait mon corps à sec. Et voici que je renais, voici que l'eau noire m'inonde à nouveau, voici que de toutes parts les flots me reprennent, que je refais partie du monde, que je baigne de nouveau dans le sang que j'ai failli perdre, le sang de la vie que je devais donner et qui cette nuit-là a failli me tuer.

Alors une étincelle surgit au bout de mes doigts. Une étincelle puis une autre, puis une autre encore. Mon cœur bat très fort, je suis heureuse, je tremble, j'ai peur d'avoir mal vu mais non, ça recommence, maintenant ce sont des gerbes de paillettes qui à chaque poussée dans l'eau me filent entre les doigts, habillent mes jambes de lumière, je voudrais crier tant je suis émue, me pulvériser en millions d'atomes pour mieux m'unir à la mer, mieux la remercier, le sang me bat aux tempes et dans tout le corps, là-haut mes enfants dorment et ne savent rien, je voudrais dire à tout le monde le miracle et je suis seule, la mer et moi seule savons.

Folle qui croyais que l'existence ne me surprendrait plus.

J'ai peur et je suis heureuse, je suis là où je veux être, je nage dans l'eau qui m'a ramenée à la vie, je me sens sorcière, je me sens chamane unie à la mer toute-puissante par une nuit sans lune.

Les textes de ce recueil ont pour la plupart été écrits entre mai et septembre 2020. Merci aux librairies Initiales, à la Nouvelle Revue française, à la Revue française de psychanalyse, à la Revue des Deux Mondes et à la librairie Atout Livre qui ont publié les premières versions d'«Awa Beauté», «Balzac», «L'île», «La vague» et «La tombe».

DU MÊME AUTEUR

Aux Éditions Gallimard

LÀ, AVAIT DIT BAHI, collection «L'Arbalète», 2012. Prix Louis-Guilloux 2012.

LES GRANDS, collection «L'Arbalète», 2014. «Folio» n° 6177. Prix littéraire Georges-Brassens 2014. Prix littéraire de la Porte Dorée 2015.

LÉGENDE, collection «L'Arbalète», 2016. «Folio» n° 6454. Prix Révélation de la Société des gens de lettres 2016. Prix François-Billetdoux 2017.

L'AFFAIRE FURTIF (1re éd. Burozoïque, 2010), collection «L'Arbalète», 2018.

PAR LES ROUTES, collection «L'Arbalète», 2019. Prix Femina 2019. Prix Landerneau des lecteurs 2019.

Chez d'autres éditeurs

LES MATINÉES D'HERCULE, Serpent à plumes, 2007.

AFRICAINE QUEEN, Le Tigre, 2010.

TANGANYIKA PROJECT, Léo Scheer, 2010.

LA VIE DANS LES ARBRES, *suivi de* SUR LES BIDONVILLES, LES CABANES ET LA CONSTRUCTION SAUVAGE, Le Tigre, 2011.

Traductions

PANCHO VILLA, John Reed, Allia, 2009.

DÉCOLONISER L'ESPRIT, Ngugi wa Thiong'o, La fabrique, 2011.

Récemment parus dans la même collection

Michèle Audin
Une vie brève
Cent vingt et un jours
Mademoiselle Haas
Comme une rivière bleue
Oublier Clémence

Gaëlle Bantegnie
France 80
Voyage à Bayonne
Au pays d'Alice

Yamina Benahmed Daho
Poule D
De mémoire

Didier Blonde
Carnet d'adresses de quelques personnages fictifs de la littérature

Patrice Blouin
Tino et Tina
Baltern
Zoo : clinique

Pascale Bouhénic
Boxing parade
Lorsqu'il fut de retour enfin

Camille Brunel
Vie imaginaire de Lautréamont

Thomas Clerc

Paris, musée du XXIe siècle. Le dixième arrondissement

L'homme qui tua Roland Barthes et autres nouvelles

Intérieur

Poeasy

Dante

Vita Nova, nouvelle traduction de Mehdi Belhaj Kacem

Carole Fives

C'est dimanche et je n'y suis pour rien

Une femme au téléphone

Tenir jusqu'à l'aube

Françoise Frenkel

Rien où poser sa tête, préface de Patrick Modiano

Jean Genet

L'atelier d'Alberto Giacometti

Le funambule

Lettres à Ibis

L'enfant criminel

Rembrandt

Hervé Guibert

La mort propagande

Vice

L'Autre Journal

Suzanne et Louise

Pascal Herlem

La sœur

Limoges

Noël Herpe

Journal en ruines

Mes scènes primitives

Objet rejeté par la mer

Jonathan Littell

Le sec et l'humide

Triptyque. Trois études sur Francis Bacon

Marie Modiano

Espérance mathématique

Upsilon Scorpii

Pauvre chanson et autres poèmes

Frédéric Pajak

J'entends des voix, récit écrit et dessiné

Autoportrait, récit écrit et dessiné

J.-B. Pontalis, J.M.G. Le Clézio, P. Auster, P. Aulagnier, M. Dorra, M. Foucault, P. Alferi, F. Cusset

Dossier Wolfson ou l'affaire du Schizo et les langues

Samuel Poisson-Quinton

Un père à la plancha

Sylvain Prudhomme

Là, avait dit Bahi

Les grands

Légende

L'affaire Furtif

Par les routes

Agnès Riva

Géographie d'un adultère

Ville nouvelle

Arthur Schopenhauer

Schopenhauer dans tous ses états, dessins de Frédéric Pajak

Joy Sorman
Paris Gare du Nord
L'inhabitable

Zouc et Hervé Guibert
Zouc par Zouc, l'entretien avec Hervé Guibert

Composition : Entrelignes (64)
Achevé d'imprimer par Normandie Roto Impression s.a.s.
à Lonrai en décembre 2020.
Dépôt légal : décembre 2020.
Numéro d'imprimeur : 2004724.

ISBN 978-2-07-292896-3 / Imprimé en France.

375891